W0373456

UN SOUPÇON DE JUSTICE

UN SOUPÇON DE JUSTICE

Florence Tachoires

éditions
Terre d'Histoires

© **Terre d'Histoires 2023**
Photo de couverture : © Natasza Fiedotjew / Trevillion Images

ISBN : 978-2-8246-2248-4
Code Hachette : 77 8026 6
Catalogues et manuscrits : city-editions.com/terredhistoires

Conformément au Code de la Propriété Intellectuelle, il est interdit
de reproduire intégralement ou partiellement le présent ouvrage, et ce,
par quelque moyen que ce soit, sans l'autorisation préalable de l'éditeur.

Dépôt légal : Novembre 2023

À Michel, Julien,
Grégory, Camille et Audrey.

Choisir c'est renoncer,
pour toujours, pour jamais,
à tout le reste...

André Gide

Préface

Les écrivains et écrivaines n'ont pas à demander la permission aux historiens pour inscrire leurs histoires dans un cadre historique, comme l'écrivait déjà en son temps Alexandre Dumas, pour qui l'important était de donner de « beaux enfants » à l'histoire, sous forme de romans... Étant moi-même historien de la peine de mort, les aventures décrites dans les pages qui vont suivre ne pouvaient que m'intéresser. Que le lecteur se rassure, les faits rapportés ci-après sont fictionnels. Mais qu'il s'inquiète et s'étonne aussi : la fiction permet de mettre en mouvement des idées, des situations, des propos présentant une certaine plausibilité... Les représentations des années 1920 et 1930 peuvent nous paraître aujourd'hui dures, excessives, voire révoltantes, comme ce l'est pour bon nombre de consciences depuis le XIXe siècle. Mais gardons-nous de l'illusion rétrospective et de nous penser plus sages à notre époque : cela ne fait qu'un peu plus d'une quarantaine d'années que la France a cessé de posséder « une justice qui tue » et le mélange explosif du fait divers, de la presse et de la justice reste aujourd'hui encore tout aussi détonnant.

Pour rendre cette part d'exotisme temporel à une époque qui nous est encore proche, Florence Tachoires ne s'est pas reposée sur sa seule imagination. Elle s'est nourrie d'autres ouvrages, d'autres articles, qu'ils soient romanesques, documentaires ou scientifiques, dont les miens, et je l'en remercie. Sur la grâce, sur les procès d'assises, sur le fonctionnement journalistique, sur la vision des femmes criminelles, la narration pourra prendre différents rythmes, connaître des rebondissements, mais en conservant constamment un souci de crédibilité. C'est souvent ainsi que naissent les œuvres : à partir de lectures antérieures.

Puisse cette lecture inspirer à son tour d'autres œuvres, d'autres fictions, et d'autres curiosités.

Par Nicolas Picard,
historien, docteur de l'université Paris-1
Panthéon-Sorbonne, auteur
de *Le Châtiment suprême*. L'application
de la peine de mort en France (1906-1981),
institut universitaire Varenne, 2018

Prologue

Novembre 1928

Ses jambes se dérobent. Ses mains glissent sur les cannelures d'une colonne. Un genou à terre, puis deux. L'effroi le paralyse. Il tente de se redresser. Une déchirure le jette au sol. La vue du sang.

Lavoir va s'inquiéter.

Le froid de la pierre traverse son manteau. Un pied s'agite dans le vide. Détails futiles qui l'éloignent de la vie. Les contours d'un chapeau effleurent son visage. Le battement d'ailes d'un parfum frôle ses narines. Encore elle… Si près. Il cherche à tendre un bras, mais une lassitude l'oblige à renoncer. Pitié. La peur du condamné. L'odeur du sang. L'éclat d'un couteau à la lame effilée comme le couperet de la veuve noire. Un nouveau coup, dans les côtes. L'horreur saisit sa gorge, ses tempes, son ventre…

Un dernier assaut lui arrache un râle obscène. Le goût du sang. D'une main, il cherche à contenir le flux qui s'échappe de son cou et se répand comme celui du supplicié. Il perd le compte des blessures comme celui des exécutions auxquelles il a assisté. Son pouls ralentit. Le sang file entre ses doigts relâchés. La résignation du condamné. Il s'attend à voir se dérouler sa vie aux portes de la mort, mais rien ne se passe. La lame frappe et frappe encore… La juste sanction, la dernière pensée de Bernard Davon, le regard noyé dans le cosmos.

1

Juillet 1929. Il fait trop chaud, Bordeaux paresse et sa Garonne flâne. Une horloge sonne un coup. Jeannette Routier lève les yeux sur la place Gambetta. Son regard suit un couple élégant qui traverse l'emplacement où se dressait la guillotine pendant la Révolution. Rejetée de place en place, la veuve noire a fini sa course, derrière les murs du fort du Hâ.

Jeannette attend l'heure de rencontrer le rédacteur en chef du quotidien le plus populaire de la région. Pour l'occasion, elle porte une robe grise qui dissimule sa maigre silhouette. Pas de seins. Pas de hanches. Pas de mollets. D'ailleurs, sa tante compare son profil à celui d'une limande, poisson plat qu'elle se refuse désormais à manger. Un moyen de garder à distance une image que son physique affiche avec indifférence. Ordinaire, juste ordinaire.

Assise à la terrasse du Grand Café, elle s'imprègne de la ligne éditoriale de *La Belle Garonne* en lisant un article sur un assassinat. Huit mois plus tôt, la maîtresse d'un marin condamné à mort a frappé un avocat général de onze coups de couteau. Odette Dubreuil a tué Bernard Davon dont le réquisitoire a conduit les jurés à réclamer la tête de son amant. Étrange affaire... La seconde partie du papier évoque le fils de la victime, responsable de la rubrique artistique du quotidien. Un malaise a expédié le jeune homme en convalescence dans un sanatorium pour une durée indéterminée. Jeannette y voit pour elle une chance d'assurer l'intérim. En conclusion du texte, une phrase lapidaire : « Justice sera faite. » Signé : Antonin Lavoir. Jeannette replie le journal d'un mouvement sec. En se levant, elle renverse le verre qu'elle n'a pas touché. Une multitude d'éclats rebondit sur les pavés derrière elle. Sa tante prédirait sept ans de malheur.

Elle avance, anxieuse malgré la promesse d'un nouveau départ dans le sac serré sur sa hanche. Elle doit réussir à tout prix. Que sera sa vie sinon ? Reprendre un train pour une ville inconnue sans chance de devenir reporter. Même si Jeannette n'a pas l'ambition de diriger un quotidien comme la célèbre Séverine, première femme journaliste française, morte cette année ; elle sait qu'elle devra se battre contre les préjugés pour exercer le métier qu'elle a choisi.

Quelques minutes plus tard, elle pénètre dans l'antre du chef de rédaction à *La Belle Garonne*. Une horde de journaux couvre le sol et les meubles. Louis Vergnes a le teint buriné des grands voyageurs. Cependant, la montagne de papier crie à l'immobilisme. Jeannette est prête à parier que ses sorties sont aussi rares que ses cheveux. Mais surtout, elle s'inquiète parce que la lettre de recommandation de Léo Obi, son professeur de l'université de Genève, ne produit aucun effet sur lui.

— C'est toujours un plaisir de recevoir des nouvelles de ce cher Léo. Un rêveur incorrigible, dit enfin Vergnes d'une voix flegmatique.

Bouche pincée, il se lève. Son pantalon marron brille aux genoux et un bouton manque au bas de sa chemise chiffonnée. Alors Jeannette observe la main en train de tracer une ligne dans l'espace. Pas d'alliance ! Elle l'aurait juré. Une tenue vestimentaire ne ment pas.

Vergnes se penche puis furète sous la fenêtre. Il grommelle, inspecte une autre pile de journaux jusqu'à trouver un exemplaire bleu qu'il brandit. Tout en parcourant la première page, il livre d'un air attendri sa première rencontre avec Léo Obi. Il avait convaincu un obscur écrivain girondin d'accepter la publication de ses alexandrins dans la revue du Suisse.

— Ne faut-il pas être un peu poète dans notre métier, mademoiselle ?

Une mèche de cheveux noir corbeau se colle à sa joue plate quand elle acquiesce. Il dit d'un ton navré :

— J'ai peur que Bordeaux, où l'actualité ronronne, ne vous ennuie très vite.

Jeannette se trémousse sur son siège. La transpiration court le long de sa colonne vertébrale comme une colonie de fourmis. D'une voix vibrante, elle réplique avoir pourtant ressenti une frénésie urbaine dans les pages locales. Et c'est justement cette énergie qui lui manquait cruellement.

Il croise alors les mains et ferme les yeux.

— Le reportage exige de l'inspiration, du talent et du flair. En avez-vous ?

Elle répond dans un souffle.

— Le journaliste est un produit spontané. Êtes-vous un être électrique ?

Elle n'a rien de commun avec la foudre, même si sa franchise lui joue des tours. Il enchaîne.

— Si l'on naît poète, on naît aussi journaliste.

Il repousse la lettre de recommandation et penche en avant son visage usé par les ans. Aucune université ne peut créer un reporter. Il ne la retient pas. Elle le fixe de ses yeux sombres sans bouger.

— Monsieur Vergnes ! s'exclame-t-elle d'un ton pincé. Je suis née journaliste et mes études à la faculté de Genève me rendent opérationnelle. Laissez-moi faire un essai. Je sais qu'il vous manque quelqu'un, je l'ai lu dans un article écrit par un certain Antonin Lavoir.

— Un reporter malade n'est pas un verre brisé, mademoiselle. Mon équipe n'aimerait pas que je remplace l'un des siens avec autant de désinvolture.

Ce que Jeannette redoutait le plus est en train de se passer. Il se lève, mais elle s'obstine. Elle garantit des portraits originaux dans lesquels elle mettra en lumière les conséquences des valeurs et des actes qui changent des destinées. Les histoires de vie produisent du lien avec les lecteurs et donnent du sens aux événements. D'ailleurs, ses articles à l'université ont fait bondir la popularité du journal des étudiants. Ce qui est vrai… jusqu'à cette tragédie qui l'a obligée à fuir Genève, mais ça, elle ne le dit pas.

— Personne ne vous reprochera de créer un poste qui n'existait pas, insiste-t-elle. Je serai votre première journaliste-portraitiste, et vous ne le regretterez pas.

Le lendemain matin, la fumée de la cigarette de Jeannette s'évanouit devant l'entrée du journal. Louis Vergnes a consenti à faire un essai sans lui attribuer de mission. Il espère que l'arrivée d'une tête féminine remontera le moral de son équipe. Jeannette suivra le chroniqueur judiciaire dans son travail. Et justement, elle se demande si Antonin Lavoir est à l'image de ses articles, vaniteux et pontifiant. Elle se dit aussi qu'elle trouvera bien le moyen de mettre en pratique ses compétences. Si elle se voyait assurer la rubrique artistique, elle préférerait la couverture des événements sportifs. Elle possède des atouts, comme une course remportée à l'aviron et son esprit de compétition. Quoi de plus excitant que d'admirer des athlètes en plein effort ? Elle sourit en écrasant son mégot avec la pointe de sa chaussure. Sa tante dirait que seules les femmes de mauvais genre fument dans la rue.

— On y va, je suis pressé, lui dit un géant en fonçant à l'intérieur de l'immeuble sans se présenter.

Elle suppose qu'il s'agit d'Antonin Lavoir. Il se dirige déjà d'un pas rapide vers la partie la plus bruyante du bâtiment à deux étages. Dans son sillage, les effluves entêtants d'une eau de Cologne. Son costume clair rappelle à Jeannette le complet porté par son père en été. De dos, la carrure de l'homme impressionne, mais de face, le visage anéantit l'effet. Tous ses traits s'affaissent, joues tombantes, paupières plongeantes, bouche figée en un rictus, et au milieu de ce magma, une lumière jaillit de ses yeux comme à la sortie d'un puits.

Les rotatives tournent à plein régime. Quatre monstres de trois étages crachent du papier couvert d'encre puis le coupent et le plient dans un vacarme ignoré des agents absorbés par le bon déroulement des opérations. L'esprit de Jeannette chancelle sous l'assaut des essences chimiques. Les machines monumentales impriment de leur sang noir la substantifique moelle des vies, le superflu est dissous dans une odeur huileuse. Un visage passe devant ses yeux. Une fois, deux fois, dix fois. Un homme jeune au regard franc et au col de chemise boutonné. Qui est-il ? Qu'a-t-il fait pour se retrouver à la une du journal ?

— Un bagnard en cavale qu'on vient d'arrêter, commente Lavoir.

La visite se poursuit au pas de charge. Le reporter se borne à nommer les différentes parties de l'immeuble sans autre explication, elle est censée connaître. Elle soutient difficilement le rythme, le visage de l'évadé imprimé sur les rétines. Des gouttes de sueur perlent sur son front et elle s'inquiète de commencer sa première journée de travail dans une robe à la fraîcheur discutable.

— Service des abonnements, photogravure, reportage photographique.

Elle acquiesce, à bout de souffle. Le bruit des matrices en action remplace le boucan des machines. L'effervescence retombe à peine. Atelier de composition.

Enfin, il s'arrête. Service des expéditions. Elle se tamponne le front avec un mouchoir en dentelle. Il se tourne vers elle.

— Que des femmes…

Le regard circulaire de Jeannette s'arrête sur deux hommes en blouse grise.

— Les chefs, mademoiselle, les chefs.

Puis ils pénètrent dans une salle. Un crépitement ininterrompu oblige Lavoir à élever la voix.

— Je ne te présente pas le télégraphe Baudot, mille six cent soixante-dix mots à l'heure.

Au retentissement d'une sonnette, l'excitation gagne Jeannette. Dans la pièce, trois sortes d'émetteurs-récepteurs s'agitent, un employé règle son appareil afin de le synchroniser avec un second à l'autre bout du monde. Un technicien pianote sur un clavier à touches tandis qu'un texte sort d'une imprimante électrique.

Jeannette s'émerveille devant l'univers de l'information auquel elle appartient désormais.

2

Antonin Lavoir, *alias* le vieux de la vieille, partage de mauvaise grâce avec Jeannette un coin de table près de la porte de la salle des rédacteurs. Un endroit stratégique, son temps est précieux, il économise les pas. Un bruit court à son sujet et le jeune reporter sportif Paul Duchaine a prévenu Jeannette : « Si tu lui racontes des histoires, il le saura. Lavoir lit dans le miroir des âmes. » Donc on se méfie de lui à la rédaction, on le fuit même.

Cantonnée au recopiage des textes de Lavoir, Jeannette s'applique à mettre au propre un article qui traite une nouvelle fois de l'affaire qui a secoué la ville et dont le procès approche. Le meurtre d'un avocat général.

Elle lit :

Le mobile de celle qui a ôté la vie de Bernard Davon est établi, malgré son silence. Rappelons encore une fois que ce noble serviteur de la République a été fauché en pleine ascension par une main vengeresse. La mort a surgi de l'ombre et frappé sauvagement sa poitrine virginale. Les mots sont impuis-

sants face à l'horreur ! Mais la justice sera rendue, les cris et les larmes de la gorgone resteront sans appel. Sa tête roulera dans le panier. J'en fais le serment. Antonin Lavoir.

La renommée du reporter l'autorise à signer ses articles tandis que ses collègues, dans le meilleur des cas, apposent leurs initiales. La prose de Lavoir laisse Jeannette perplexe. Elle songe à la poitrine virginale. Est-ce une allusion à une chemise blanche ou à un cœur pur ?

La capiteuse eau de Cologne annonce l'arrivée de Lavoir.

— Pourquoi avez-vous rayé le nom de la meurtrière, Antonin ?

Il soupire. Il soupire chaque fois qu'elle pose une question.

— Parce qu'elle n'est personne, mon petit.

Pourtant, en tant que lectrice, Jeannette s'intéresserait à l'identité de cette femme. Odette Dubreuil. Jeannette s'enfonce dans son siège et dans ses pensées. Serait-elle capable d'éprouver assez de haine pour tuer ?

— JR, c'est l'heure !

Jeannette sursaute. Cette réduction à deux lettres l'exaspère, mais c'est l'usage ici. Elle se lève, le cœur battant. Elle n'a pas revu le patron depuis le jour de son embauche et elle veut se faire remarquer à cette première réunion. Lavoir la retient par le bras devant la salle.

— Pas un mot, compris ? Tu es là pour écouter.

Chacun s'assied autour d'une table, coude à coude. JR jette un regard incertain à travers la pièce baignée de lumière.

— Va te chercher une chaise, lui ordonne Lavoir.

Lorsqu'elle revient, elle prend place en retrait dans l'indifférence. On lui refuse l'entrée du cercle.

— Cette année sera exceptionnelle, dit Lavoir. Quatre exécutions. D'abord le marin expédié en enfer la semaine dernière. Bientôt le tour des deux anarchistes, leur recours en grâce a été rejeté. Les doubles exécutions se font rares, on a de la chance... Et enfin la meurtrière de notre regretté Bernard Davon.

— Regretté... pas tant que ça, le reprend Vergnes. Si j'en crois les rumeurs du parquet, sa mort dégage l'échiquier, et à ce qu'on dit, son remplaçant serait progressiste.

Lavoir se rembrunit et marmonne :

— Ce n'est pas pour arranger nos affaires.

— Pourquoi ?

Les têtes se tournent vers celle qui a osé interrompre la discussion. Le visage de Jeannette s'enflamme – c'est peut-être ça, être un produit spontané. Aussitôt, des ricanements secouent les épaules des plus âgés, et gonflent les joues des jeunes. Les mâchoires serrées, Lavoir corne une feuille.

Vergnes revient sur le sujet de la meurtrière, Odette Dubreuil :

— Condamnation à mort ne veut pas dire exécution, surtout pour une femme.

— Je m'y emploie.

— Le ressentiment t'aveugle, mon cher. La tradition de grâce pour les femmes est ancrée depuis des décennies et le châtiment suprême ne s'appliquera pas au nom de l'égalité des deux sexes.

Murmure d'assentiment.

— Dois-je te rappeler que de l'autre côté de l'Atlantique, comme chez nos voisins allemands, anglais et italiens, elles ne bénéficient pas de régime de faveur ? Sa tête tombera, je le garantis parce qu'elle a assassiné un magistrat.

Vergnes tord la bouche, une main sous le menton.

— Dans ce cas, une interview juste avant sa montée à l'échafaud serait providentielle pour nos affaires. Mais comment la faire parler ?

Lavoir prend un air consterné.

— Muette comme une tombe...

— Je peux essayer !

Un silence gêné s'abat sur les membres de la rédaction. Vergnes pose un regard de prédateur sur JR, mais il s'adresse à Lavoir.

— Qu'en penses-tu, Antonin ?

Des éclats de voix mêlés aux claquements de fers à cheval sur les pavés pénètrent par les fenêtres ouvertes. JR retient son souffle. La sueur coule sur les joues de Lavoir en train de réduire en boule la feuille écornée.

— Ridicule !

Vergnes se tourne alors vers l'assemblée.

— Messieurs, j'ai pris cette jeune femme pour égayer notre service. Elle dit être une sorte de spécialité suisse.

Rire des collaborateurs. Vergnes lève le regard au plafond en signe d'intense réflexion.

— Hmmm... Je ne vois pas comment elle réussirait...

— Parce que je suis...

Lavoir l'interrompt en enchaînant avec un projet d'interview. Un bagnard en cavale à la une quelques jours plus tôt. Un certain Pascal Rigal qui a parcouru le monde avant de se faire arrêter à Bordeaux. Les lecteurs raffolent des récits d'aventures.

Jeannette écoute d'une oreille distraite Vergnes féliciter Paul Duchaine sur son travail d'équipe. Lors du dernier match de football, un dactylo a retranscrit au fur et à mesure les commentaires dictés par Paul à ses côtés sur les gradins. Chaque feuillet a été aussitôt acheminé par un motocycliste au journal. À peine la partie achevée, l'article était bouclé.

À la sortie, elle saisit l'occasion de se démarquer en utilisant un atout qu'aucun autre du groupe ne possède.

— Monsieur Vergnes, je suis la seule de votre équipe à pouvoir faire parler Odette Dubreuil. Donnez-moi une chance.

— Laisse le patron tranquille ! ordonne Lavoir.

— Et comment ?

JR met toute la conviction possible dans la phrase qu'elle prépare depuis un quart d'heure. Tout se joue maintenant.

— Une femme parlera à une autre femme !

L'un la dévisage en levant un sourcil amusé et l'autre, un sourcil outré. Lavoir réagit le premier en entraînant JR vers la rédaction, mais Vergnes l'arrête.

— Ça ne coûte rien d'essayer, Antonin. Profite donc de la visite au bagnard pour lui faire rencontrer la femme Dubreuil.

La tante de Jeannette dirait-elle que sa nièce a l'art de courir au-devant des ennuis, comme son père ?

Lavoir a prévu de rendre visite à Roger, le fils de son ami Bernard Davon, en convalescence dans un sanatorium. Mais il reste là, le regard perdu, indifférent à l'encre qui coule de sa plume et s'écrase sur le papier. Que se passe-t-il sous le chapeau du chroniqueur judiciaire ? Son silence rendrait nerveux un mort. Depuis le premier jour, toute communication avec lui relève de l'épreuve pour JR, ce qui amuse beaucoup l'équipe. Il a parlé, mais elle a relâché son attention. Il soupire. C'est bon signe. Elle lui sourit, mais il regarde par la fenêtre.

— Viens avec moi, je vais te présenter Roger.

— Mais…

— Je te couvre, insiste Lavoir d'un air mutin.

Elle attrape son sac et court derrière lui. La voiture démarre avant qu'elle ait refermé la portière. Le boucan du véhicule lancé à vive allure sur la route du sanatorium a quelque chose de sécurisant qui détend Jeannette malgré la peur des récriminations. Prix du premier pas vers l'indépendance qu'elle acceptera de payer. Les enjeux du portrait d'Odette Dubreuil commencent à se cristalliser dans son esprit. L'assurance d'une notoriété fulgurante. Vergnes se fendra d'un édito dithyrambique : « Notre intrépide jeune journaliste réussit là où la police a échoué. » Lavoir s'inclinera devant son succès. Mais une responsabilité s'abat soudain sur les épaules de Jeannette, le risque quasi certain de conduire Odette à l'échafaud. Non ! L'histoire ne peut pas se répéter… Elle chasse son malaise avec l'agréable souvenir des vacances à Claouey, quand elle apprenait à ramer sous le regard bienveillant de sa mère.

— Je suis impatiente de rencontrer Roger Davon.

Les mains de Lavoir se resserrent sur le volant.

— Quand Bernard rendait l'âme, je lui ai promis de veiller sur son fils. Roger est un bon gars. Il a tout de suite compris que le métier est très difficile. Malheureusement, la mort brutale de son père l'a profondément affecté. Sa grande sensibilité se retrouve dans ses articles. C'est sa marque de fabrique. Chacun la sienne.

Jeannette se contente de sourire.

— Toi aussi, tu trouveras la tienne avec le temps, ajoute-t-il.

— Je l'ai déjà. J'aime dresser des portraits. Je suis douée pour exploiter les zones d'ombre des réponses. Si vous lisez dans le miroir des âmes, moi, je les délivre de leurs chaînes.

Elle rit. Les jointures des doigts de Lavoir blanchissent sur le volant.

— Et parce que tu es une femme, tu crois naïvement que la meurtrière va te parler.

— J'utiliserai l'interprétation des rêves. Pendant le sommeil, l'esprit se libère. J'inciterai Odette Dubreuil à raconter ses songes. Une fois le contact établi, j'orienterai mes questions.

Lavoir grogne quelque chose, puis le vacarme du moteur comble le silence installé entre eux. Alors qu'ils traversent le village d'Arès, il tend le bras gauche.

— Roger a séjourné là, enfant. Il a toujours eu une santé fragile.

Sur le bois brut d'un panneau planté en bordure de route, le mot « Aérium » se détache en lettres noires.

— Le jour des obsèques de son père, une pluie diluvienne s'est abattue sur la ville. L'eau a pénétré Roger jusqu'aux os. Un sale rhume l'a cloué au lit pendant plusieurs semaines, et maintenant, ce malaise. C'est très mauvais signe. Il n'arrive pas à remonter la pente. Ça va lui faire du bien, de voir une fille…

Il arrête la voiture en bordure du sanatorium de Claouey-les-Bains. Des ondes de chaleur déforment l'horizon. Jeannette plisse les yeux et lève la tête sur un ciel sans tache. Elle lit l'heure à la position du soleil. Midi. Ils franchissent le portail derrière lequel deux bâtiments à étage se dressent. Un chemin court vers un pavillon en longueur. Roger Davon doit occuper une des chaises alignées sur la terrasse. À quoi ressemble-t-il ? Genre dandy ou sérieux avec de fines lunettes ? Ils pénètrent dans le deuxième immeuble sans s'annoncer à la réception.

Aussitôt les portes passées, la fraîcheur espérée par Jeannette s'avère d'une autre nature. Elle saisit un mouchoir dans son sac et protège son nez de l'agression des produits chimiques. Dans le couloir, Lavoir accélère le pas vers un ange blanc. Il soulève son chapeau. Jeannette attribue l'air mauvais de l'infirmière à un sale caractère, mais en réalité celle-ci s'inquiète. Roger refuse de s'alimenter, certain qu'on cherche à l'empoisonner et si son état de santé mentale ne s'améliore pas, son transfert dans un autre lieu s'imposera. Autrement dit l'asile. Lavoir a juré à son ami de veiller sur Roger. Hors de question. Puis, il reprend sa course vers la terrasse couverte.

Ils y trouvent un corps recroquevillé. Des mouettes crient dans le ciel estival. La brise indique à Jeannette que c'est marée basse. Un écureuil grimpe vers la cime d'un pin. Le temps s'est arrêté aux portes du sanatorium.

— Salut fiston ! lance Lavoir.

L'homme allongé sur un lit à roulettes se redresse en grimaçant. Ses épaules pointues saillent sous une chemise légère. Des yeux bleu pâle dévorent un visage sans couleur.

— Je t'ai amené une admiratrice !

Au lieu de répliquer, Jeannette sourit avec politesse, l'allure nonchalante et noble du malade l'impressionne.

— JR nous vient tout droit d'une université de Genève, dit Lavoir, en regardant le ciel.

Roger semble ébahi.

— Genève ? demande-t-il d'une voix éraillée par un mutisme prolongé.

— Oui, j'y ai appris le journalisme, répond-elle en s'attendant à de nouvelles railleries.

— Fascinant ! J'aurais tant aimé découvrir les méthodes enseignées en faculté.

Roger a l'air parfaitement sain d'esprit, rien du fou que Jeannette s'attendait à voir.

— Il n'est pas trop tard…

— Bref, l'interrompt Lavoir. As-tu reçu le journal ?

Roger secoue la tête.

— Pas grave. Tu ne devineras jamais ! L'inspecteur Perchet a serré le dénommé Rigal, qu'on a jugé en 23. Il s'était tiré du bagne. En cavale depuis trois ans.

Les yeux de Roger s'arrondissent.

— Antonin va faire un reportage sur son évasion, renchérit Jeannette avec enthousiasme.

Lavoir balaie de la main un insecte invisible.

— Parlons de toi. Comment vas-tu aujourd'hui ?

— Hmmm…

— À la bonne heure ! Dans une semaine, tu es retapé.

Roger tousse dans sa manche. Au moment de repartir, son sourire triste navre Jeannette. Elle songe de nouveau aux conséquences des révélations d'Odette Dubreuil. Celles-ci pourraient compromettre le rétablissement de Roger et même l'envoyer à l'asile. Mais elle préfère la pensée hypocrite de contribuer à sa guérison avec un nouvel éclairage sur la mort de son père.

En route, elle revient sur les propos de la soignante.

— L'infirmière semble s'alarmer pour pas grand-chose, remarque-t-elle.

— Tu ne sais rien. Alors, tais-toi.

Jeannette s'enfonce dans son siège et croise les bras. Puis un éclair brille dans ses pupilles.

— Quel âge avez-vous Antonin ?

Il jette un œil noir sur sa droite et répond :

— Cinquante ans.

— L'âge de l'abolition de la peine de mort en République de Genève ! Les progressistes avaient d'ailleurs reçu le soutien du grand Victor Hugo. Et croyez-vous que ce soit le chaos depuis ? Pas du tout !

— Si c'était si bien là-bas, que fais-tu ici ?

3

Jeannette et Lavoir se rendent au fort du Hâ. Elle songe avec amertume à la question cinglante de la veille. Que serait-elle devenue si elle était restée à Genève ? Elle aurait dépéri, cloîtrée dans l'appartement de sa tante Julia jusqu'à la fin des temps. Ils ralentissent le pas à l'approche d'un étroit passage. Un corbeau croasse dans le ciel, un frisson la parcourt malgré la chaleur. *Un coupe-gorge*, ne peut-elle s'empêcher de penser. Elle lève le regard sur l'avant-corps dressé devant eux.

— Poste militaire de surveillance, dit Lavoir. La prison et le palais de justice ont été construits à l'emplacement de l'ancien château, mais tu dois le savoir puisque tu es née ici…

Elle prend un air désolé, car au jeu des hostilités elle perd. En face, deux tourelles marquent l'entrée.

— L'édifice est divisé en deux. Nous allons dans le quartier des hommes, à droite. C'est le plus grand. Deux cent trente lascars sont derrière les barreaux. Tous plus dangereux les uns que les autres. Dans les belles années, on en comptait jusqu'à cinq cents. L'antre du diable.

— Pourtant d'illustres figures y ont séjourné : des avocats, des artistes et même un journaliste.

Lavoir croise les doigts pour éloigner le mauvais sort et lui adresse un clin d'œil.

— Rigal était un voleur au narcotique à Paris. Il traquait ses proies dans les bars de la butte Montmartre. Hommes ou femmes, il n'était pas très regardant. Il endormait ses victimes à l'éther puis les détroussait. C'est un étudiant en droit qui l'a envoyé en prison pour la première fois. Ici, on l'a jugé pour agression sur un magistrat et expédié au bagne.

Le soleil tape fort. Lavoir s'essuie le front avec un mouchoir grand comme une serviette de table. En traversant la cour, il poursuit ses explications :

— Là, on dresse la veuve noire, au moins une fois par an… Si on en a quatre cette année, on sera vernis.

Avant d'entrer dans la prison, il se tourne et pointe un doigt vers elle.

— Pas un mot. Tu es ici pour apprendre, pas pour boire le thé avec les détenus.

— Après j'irai voir Odette Dubreuil…

L'odeur de pisse, les hurlements des prostituées et les jérémiades des alcooliques ébranlent Jeannette. La menace habite les lieux. Le gardien-chef accueille Lavoir avec fébrilité.

— Tu as lu ça ? demande-t-il en brandissant un journal. Ce torchon parisien nous insulte. On nous reproche d'enfermer les malfrats dans les cachots de la tour et de les nourrir de pain sec comme au bagne. On s'inquiète…

L'air dégagé que prend Lavoir ne trompe pas Jeannette. Il ignore de quoi parle le geôlier. Elle reconnaît le nouveau magazine spécialisé en affaires criminelles aux larges photos illustrant des articles chocs.

— Il n'y a pas de raisons, Joseph, répond Lavoir. Ils font leur métier. Mal. Je te l'accorde…

— Faut bien mater la vermine, renchérit Joseph dont les yeux s'arrondissent en remarquant Jeannette.

— Elle apprend le boulot…

— Nom d'un chien ! Une femme.

— On vient voir le bagnard Rigal.

Joseph gratte son crâne dégarni, l'air gêné.

— On l'a mis dans une cellule individuelle. Il s'est pris un coup de couteau dans le dortoir 8, à l'étage. Sans doute un avertissement de ses complices d'évasion pour qu'il la ferme.

Lavoir se rembrunit.

— Montre-moi ses affaires.

Joseph hésite.

— Tu crois que la fête de départ à la retraite de notre directeur va être annulée à cause de cet article ? On se cotise pour lui offrir sa photo encadrée de bois précieux et…

Lavoir retire un billet de la poche de son pantalon et le glisse dans la main de Joseph.

— Ma participation.

Aussitôt, le visage de Joseph s'illumine. Puis il s'affaire derrière son poste de réception et en sort un imposant bagage.

— Tu sais où se trouve le parloir…

— Non. Donne-moi cette valise. On va dans sa cellule.

Joseph s'étonne, mais le regard de Lavoir ne lui laisse pas le choix. Un nouveau frisson parcourt Jeannette tandis qu'ils traversent un couloir noir et humide. Le danger habite l'ombre. Des toiles d'araignée en guirlandes s'accrochent à ses cheveux devant une porte que Joseph déverrouille. Un homme torse nu, allongé sur une planche en bois, se redresse avec lenteur. Ses pieds entravés font tinter des chaînes.

— Debout là-dedans ! Et rhabille-toi, il y a une dame, ordonne Joseph avant de refermer l'issue à double tour.

Le journaliste et le détenu s'observent comme deux chiens enragés. C'est Rigal qui baisse la garde le premier. Il ouvre la bouche pour dire quelque chose, puis renonce. Jeannette remarque le pansement qui barre son flanc quand il enfile sa veste. Lavoir s'avance et dépose le bagage sur ce qui fait office de lit.

— La serveuse que tu as dépouillée a porté plainte. Tu seras donc jugé ici avant ton transfert à Saint-Martin-de-Ré. Ça te laissera le temps de me raconter ton évasion, déclare Lavoir avec autorité.

Le regard du prisonnier glisse sur Jeannette.

— C'est trop tard…

— Il n'est jamais trop tard. Tu voulais la notoriété, la voilà ! réplique Lavoir, occupé à sortir une pelisse pour grand froid. De quoi devenir frileux lorsqu'on rentre des tropiques, n'est-ce pas ?

Rigal jette un œil noir à son interlocuteur.

— Pour dîner dans des restaurants raffinés, évalue Lavoir en désignant un smoking.

Jeannette a reculé d'un pas, appuyée contre la porte. Garder le contact avec l'extérieur la rassure ; sa tête qui obstrue la croisée par laquelle filtre une lumière blafarde plonge la cellule dans l'ombre. Lavoir, concentré sur sa tâche, poursuit l'inventaire du bagage dans la semi-obscurité : des chemises de qualité, une dizaine de cravates du meilleur goût, quatre pyjamas pour soirées galantes, des caleçons et un gilet de soie. La parfaite garde-robe de dandy.

Au plafond, de longues balafres filent vers les murs. *Les meurtrissures du temps à la recherche d'une issue*, se dit-elle. Mais le regard insistant de Rigal aimante les yeux noirs de Jeannette. Ils se fixent. Elle retrouve dans son visage l'air angélique qui l'avait frappée sur la photo du journal. Une bouche bien dessinée, un front intelligent. Il a presque de l'allure dans sa tenue de prisonnier. Lavoir persévère dans sa litanie, indifférent à l'environnement et à l'odeur âcre de la promiscuité pénitentiaire. Pourquoi ce déballage ? Elle ferme les yeux, puis les rouvre aussitôt parce que l'image derrière ses paupières est encore plus dérangeante que le spectacle auquel elle assiste. Lavoir scrute la valise vide, songeur. Les entraves cliquettent. Rigal s'avance en grimaçant vers elle.

— Qui est cette charmante jeune fille ?

Lavoir l'arrête d'une main ferme.

— Fais comme si elle n'était pas là.

Le bagnard tend le cou et se présente :

— Pascal-Pierre Rigal, mais on m'appelle « le gentleman cambrioleur ». Pas vrai, chef ?

— Jeannette Routier, répond-elle en rougissant violemment.

La remarque de Lavoir claque aussitôt dans sa tête : « On ne boit pas le thé avec les détenus. » Alors elle cherche à se rattraper et propose bêtement :

— Je peux transmettre un message à votre famille pour la rassurer.

Rigal sourit, amusé. Et au lieu d'en rester là, elle insiste :

— À votre mère, par exemple. Elle doit s'inquiéter de vous savoir ici.

— Pas de temps à perdre avec ces conneries, s'agace Lavoir en sortant un carnet d'une poche intérieure de son costume. Raconte-moi ta cavale.

— On ne s'évade pas du bagne, répond Rigal en détaillant Jeannette.

— Pourtant tu as réussi.

— C'est ce que nous disaient les libérés pour nous décourager.

— Parce qu'ils n'avaient pas eu les couil...

Lavoir laisse sa phrase en suspens et fait signe à Rigal de poursuivre son récit.

— Libre, je portais des chaussettes de coton, marmonne-t-il en regardant ses godasses, et là-bas, j'enduisais mes pieds de graisse pour soigner les morsures des araignées de mer.

Lavoir presse Rigal d'en venir aux faits.

— C'est la terre ou la mer. Côté jungle, il y a la bande des Algériens qui tue pour un morceau de pain. Et côté fleuve, les passeurs livrent les fugitifs à l'administration après avoir touché leur dû.

— On ne s'évade pas du bagne, reprend Lavoir, perplexe.

Il semble rejoindre Rigal sur son terrain, est-ce une stratégie pour encourager les confidences ? Jeannette admet que Lavoir joue son rôle à la perfection.

— On ne pense qu'à s'échapper. Jour et nuit. C'est un ver qui entre dans nos têtes et nous dévore le cerveau. Alors on dresse des plans à plusieurs. Seul, on n'a aucune chance… Mais quand je suis passé « première classe », j'ai été affecté à la fabrication des cercueils et j'ai eu une idée !

— Quelle idée ? demandent en chœur Jeannette et Lavoir.

— Un cercueil est bien plus robuste qu'un radeau de bambou. J'ai donc construit avec soin celui qui m'amènerait sur l'autre rive du Maroni. J'ai filé avant qu'on y mette le macchabée. Deux kilomètres de vase noire et de courants contraires à vaincre pour rejoindre la Guyane hollandaise. Que représentent deux kilomètres pour vous ?

— Comme d'ici au théâtre, répond trop vite Jeannette.

Lavoir lève un crayon menaçant.

— Oui, c'est ça. Quand on pose le pied de l'autre côté, on contemple un spectacle. Celui de la liberté. Mais je devais à tout prix éviter l'île aux lépreux. Si mon cercueil s'y échouait, j'étais perdu.

— À cause des gardiens, souffle Jeannette, oppressée par l'air suffocant de la cellule.

Lavoir interrompt sa prise de notes pour s'essuyer le visage avec son mouchoir chiffonné. Midi a dû sonner. Il déboutonne son col de chemise, la respiration lourde et saccadée.

— Non, répond Rigal, amusé. Leur maladie est leur prison. Ils capturent les fuyards qui s'échouent sur leur île pour les livrer à l'administration lors de l'approvisionnement suivant. En récompense ils ont droit à quelques faveurs, du tabac, un morceau de viande.

Rigal s'exprime avec l'aisance d'un lettré. En creusant son passé, Jeannette découvrirait ce qui l'a amené à enfreindre la loi. Elle y voit l'occasion d'un portrait original.

— Visite terminée ! crie un gardien en faisant tinter son trousseau de clés.

Dans le couloir, Lavoir la sermonne.

— Bon sang, tu ne sais pas tenir ta langue ! Qu'est-ce que j'avais dit ? Tu n'es bonne qu'à gribouiller derrière un bureau.

— Je dois rencontrer Odette Dubreuil, s'obstine-t-elle.

Il lève les mains en signe d'apaisement.

— Écoute, je te pardonne ton erreur de jeunesse, allons déjeuner. Tu iras voir la muette demain, propose-t-il en souriant.

Tête baissée comme une enfant butée, elle s'apprête à décliner. Pourtant, elle cède au nom d'une collaboration qu'elle souhaite améliorer même si elle sent qu'un monde de vase noire et de courants contraires les sépare.

Dans un restaurant aux allures de cantine avec sa grande table en bois, Lavoir commande une salade de tête de veau, pose son chapeau sur une chaise et passe une main dans ses cheveux aplatis. Jeannette choisit une soupe froide et se laisse imprégner par l'atmosphère animée et enfumée. Retour à la vie.

— Notre quotidien est le plus puissant de la région. Il se vend à près de deux cent cinquante mille exemplaires par jour. On n'a pas droit à l'erreur. Des milliers de lecteurs comptent sur notre rigueur et notre professionnalisme. Chaque faux pas nous conduit à un lynchage dans une avalanche de lettres. Moins le courrier est nombreux, plus notre tranquillité est assurée.

Tandis qu'un serveur apporte les plats, Jeannette s'étonne, car les clients peuvent aussi bien exprimer un avis que féliciter les rédacteurs. Les gens n'écrivent que pour blâmer, rétorque Lavoir. Leur travail doit s'appuyer sur une parfaite connaissance des sujets, de solides sources et des témoignages précis…

Jeannette repousse son assiette dont la décoration évoque celle dans laquelle son grand-père se régalait d'un mélange de vin et de soupe.

— Justement, à propos de témoignage, celui de Pascal me paraît fantaisiste. Joseph a dit que le coup de couteau serait un avertissement de la part de ses complices d'évasion alors que Pascal prétend s'être enfui seul dans un cercueil. C'est contradictoire.

— Ne l'appelle pas Pascal, cingle Lavoir, pas de proximité avec l'ennemi.

Après avoir vidé son assiette, il reprend :

— Que penses-tu de mon interview ? Pas le genre qu'on apprend dans les universités, hein ?

JR s'essuie la bouche, ce qui lui permet de préparer une réponse acceptable.

— Vous avez su mettre Pascal Rigal en confiance, me semble-t-il, d'autant qu'il n'a rien demandé en contrepartie.

— Exactement ! Le terrain est l'école de la vie, mon petit ! Le déballage de la valise a servi à détourner son attention de sa propre personne.

— Vous aussi, vous utilisez la psychologie, Antonin !

Lavoir éclate de rire, puis fixe Jeannette de ses yeux qui lisent dans le miroir des âmes.

— Je vais te donner un conseil : laisse tomber le portrait de la muette. Je m'arrangerai avec Vergnes. Fais celui de la mère Rigal ! Tu nous ponds cinq lignes que tu auras l'honneur de voir en conclusion de mon reportage.

Cette proposition inattendue ressemble à un ordre et la soulagerait presque, car elle ne cesse de penser aux conséquences pour Roger, le fils de la victime. L'anéantissement probable de son avenir. Et elle sait de quoi elle parle.

— Je ne peux pas, je me suis engagée.

Il remet son chapeau et se lève.

— Sais-tu pourquoi l'objectivité dans l'information n'existe pas ?

— Je suppose… Parce qu'elle est le fruit de la personne qui la relate.

Il fait une grimace, et agite des billets à l'intention du serveur.

— Si j'ai bien compris, tu veux utiliser les rêves de la meurtrière pour interpréter ses motivations et en tirer des conclusions.

— Pas exactement… Ce sera un déclencheur pour qu'elle accepte de parler.

— Des conneries ! Son acte est un aveu. Pas besoin d'en savoir davantage. Elle a tué Bernard Davon pour se venger de la condamnation à mort de son amant. Point à la ligne.

— Davon était votre ami, vous n'êtes pas objectif dans cette affaire.

— Moi ? demande-t-il d'un air faussement offusqué. C'est la meilleure ! Qu'est-ce que je t'ai dit ? On n'a pas droit à l'erreur dans notre métier. Je t'ordonne de retrouver la mère Rigal. Tu écris ces cinq lignes et tu laisses la muette à son sort. Je m'occupe de Vergnes.

4

Le petit meublé de Jeannette se trouve au deuxième étage d'un immeuble accolé à un hôtel où elle a séjourné à son arrivée. L'emplacement, cours du 30 Juillet, est idéal : centre-ville, quartier chic et à dix minutes du journal. Le propriétaire, un fleuriste qui occupe l'unique appartement du premier, depuis son magasin du rez-de-chaussée, contrôle l'accès du bâtiment. Détail rassurant pour Julia quand elle lira la lettre de sa nièce.

Julia vit en Suisse et elle a accueilli Jeannette à bras ouverts quand l'affaire des Affréteurs réunis faisait rage. Directement impliqué, Alain Routier s'était enfui en laissant derrière lui la maison familiale en cendres, et sa fille Jeannette, démunie. Malgré cette générosité, Julia a le verbe haut et se plaint de son manque de reconnaissance.

Dans une longue lettre à Léo Obi, Jeannette détaille ses premiers pas dans le monde de la presse. Sa rencontre avec un bagnard ! Elle a connu Léo à Genève. Il occupe ses loisirs à lire des poésies sur la scène d'un petit théâtre et l'a incitée à suivre ses cours de psychologie, essentiels pour pratiquer un journalisme moderne. Léo rend la vie belle et simple. À l'inverse, Lavoir la complique en faisant obstruction à son interview d'Odette Dubreuil. Que redoute-t-il ? Qu'elle découvre qu'il s'agit d'un crime passionnel et que la mémoire de son ami s'en trouve entachée ? Voilà un raisonnement intéressant. Si Odette a été la maîtresse de Davon alors, elle pourra échapper à la peine de mort. Jeannette doit la rencontrer !

Elle s'endort rassurée, mais tourmentée. Un mauvais rêve l'ensevelit aussitôt sous une montagne de papiers, l'encre dévore sa peau. Le crépitement d'un feu la menace. Elle s'extrait des journaux en flammes et se jette par une fenêtre. Au moment où son corps touche le sol, son hurlement la réveille. Dans la pénombre, elle reconnaît le décor familier de sa chambre. L'eau tiède du pichet resté sur la table adoucirait sa gorge brûlante, mais le courage de se lever lui manque. Son cœur se calme au rythme du ronflement du fleuriste qui traverse le plancher. Elle décide de consulter les archives du journal dès le lendemain.

Quand Jeannette ouvre la porte de l'immeuble qui abrite l'histoire de *La Belle Garonne*, rien n'indique que des millions de feuillets dorment pour la postérité hormis l'odeur d'encre et de papier, encore plus puissante que dans le bâtiment principal.

Elle éternue.

— Interdit au public, déclare le préposé qui entend décourager les candidats à la destruction du patrimoine du journal.

Après une vague excuse, elle répond que le règlement l'autorise à faire des recherches. L'homme ajuste ses lunettes.

— Je ne vous ai jamais vue.

— Je suis la nouvelle reporter. Je travaille avec Antonin Lavoir.

Les lorgnons glissent sur le nez du réceptionniste.

— Videz vos poches, ordonne-t-il, inquisiteur.

L'air surpris de Jeannette l'incite à rajouter :

— Vous empestez le tabac comme un vieux cheminot et je ne vous laisserai pas foutre le feu à mes archives avec vos mégots !

Elle agite ses mains à hauteur de visage, les joues enflammées. Puis elle demande à consulter les exemplaires de mai 1928.

— Quelle édition ?

Elle sait que l'affaire des Affréteurs réunis a fait la une des journaux, inutile de se perdre dans des détails.

— Celle de Bordeaux.

— Et qu'est-ce qui s'est passé en mai 28 ?

Ignorant la question, elle remplit un formulaire sous la surveillance de l'employé.

— Je resterai avec vous pour contrôler le bon déroulement de l'opération. On respecte l'histoire ici, et puis c'est le règlement.

Jeannette franchit le portillon qui délimite l'accès aux archives. Derrière, des étagères en enfilade sur lesquelles reposent des caisses en bois numérotées. Sans hésitation, l'homme se faufile entre les allées en effleurant des pieds le plancher. Il désigne du doigt une boîte à deux mètres de haut puis il tire sur une échelle coulissante accrochée à des tiges de fer qui courent au plafond et au sol. D'un sourire narquois, il indique qu'elle doit monter.

— Je n'y arriverai pas, et puis c'est votre travail, gémit-elle.

— Grimpez, mes vieux os me l'interdisent.

Elle demande au préposé, qui n'a pas l'air si âgé, de tourner le dos.

— Posez la caisse sur votre épaule.

Après une périlleuse escalade sur des barreaux dressés à la verticale, la descente s'avère encore plus dangereuse. L'échelle oscille à chaque soubresaut tandis que l'employé crie de ne pas renverser la précieuse marchandise. De ses bras éraflés, elle porte la caisse de bois brut jusqu'à une table dans un recoin.

— Parfait ! Je vais vous aider.

Malgré le refus de Jeannette, il s'affaire, et dès qu'elle sort un paquet de journaux, il hoche la tête ostensiblement. Elle trouve rapidement ce qu'elle est venue chercher. Sur l'édition du 3 mai 1928, un article au titre accrocheur, « Le krach des affréteurs », annonce le procès au tribunal correctionnel de Bordeaux devant lequel comparaîtront le directeur, des administrateurs, des trésoriers et les commissaires aux comptes de la société. Le patron s'est attribué des primes et participations aux bénéfices pour une valeur totale de 12 millions de francs. Une série de dix abus de confiance réalisés sur trois ans. Dans le papier du 6, il est condamné à trois ans de prison. Pas un mot sur Alain Routier. Cela voudrait-il dire que son père a paniqué inutilement ? Il pourrait donc rentrer à Bordeaux. Son cœur s'emballe de joie. Mais comment l'avertir ? Personne ne sait où il se cache.

— Je savais que vous ne trouveriez rien ! C'est toujours comme ça.

Jeannette attrape une des précieuses copies du quotidien, prête à la réduire en boule et à la jeter à la figure de l'employé, mais son geste retombe.

— Vous faites une drôle de recrue…

Elle claque la porte, puis s'attarde devant l'entrée de *La Belle Garonne*, les poumons gonflés d'orgueil. Première femme journaliste à Bordeaux, et bientôt, la meilleure d'entre tous, elle prend la direction de la prison d'un pas pressé, elle doit éviter de croiser Lavoir.

L'exubérance de la veille du gardien-chef Joseph a disparu. C'est dans un silence pesant qu'il conduit Jeannette au parloir. Une gardienne civile introduit une détenue par la porte qui donne sur le jardin intérieur.

Odette Dubreuil prend place derrière la grille, vêtue d'une robe en toile de jute usée jusqu'à la corde, pieds nus dans des godillots hors d'âge, mains menottées et chevilles entravées. Jeannette se demande si l'odeur de la cigarette est pire que celle d'un corps négligé. De profonds cernes soulignent les yeux tristes levés sur sa visiteuse ; des rides comme des coups de crayon sur une feuille barrent un front haut. Une chevelure rousse parsemée de fils d'argent tombe sur des épaules rondes.

Jeannette comprend combien questionner Odette Dubreuil sur ses rêves rendrait la situation grotesque. Il faudrait d'abord établir une relation de confiance, mais le temps presse, alors elle va droit au but.

— Je viens vous prévenir qu'un journaliste veut votre tête. Il prétend qu'aucune clémence ne doit être accordée à ceux qui commettent des crimes tels que le vôtre. Homme ou femme. Et il met tout en œuvre pour que la grâce vous soit refusée.

Le visage d'Odette reste impassible hormis quelques clignements d'yeux.

— Vous avez tué l'avocat général Davon parce que vous pensiez que votre amant n'était pas coupable des meurtres dont on l'accusait. Croyez-vous qu'il ait été condamné injustement ?

Odette fait signe à la gardienne et se lève. Jeannette lance alors sa propre hypothèse qui lui semble de plus en plus probable :

— Davon était-il votre amant ?

Odette s'arrête. Jeannette remercie son instinct et crie :

— Vous êtes votre seule chance de salut. Parlez-moi ! Je suis de votre côté.

— J'ai déjà tout dit à la police. Rien à ajouter.

La voix est douce et calme. Jeannette s'accroche à la grille.

— Si vous étiez ma mère, je ferais tout pour vous venir en aide. Où sont vos enfants ?

Odette semble hésiter sur le pas de la porte.

— Mon fils est mort, plus rien ne me retient dans ce monde.

Puis elle disparaît dans le jardin.

À la sortie du parloir, Jeannette se fait surprendre par Lavoir qui arrive à la prison. Le regard dur, il sonde son visage. Elle lève le menton. Elle lui a désobéi et alors ?

— A-t-elle révélé ses rêves ?

Elle secoue la tête avec énergie. Il souffle en s'essuyant le front avec sa manche.

— Je t'avais pourtant prévenue, il n'y a rien à creuser du côté de la muette. Il faut toujours écouter l'intuition d'un vieux journaliste, dit-il d'un air enjoué. Suis-moi, je vais te donner ta deuxième leçon.

Les deux reporters se rendent de nouveau dans la cellule du bagnard, privilège octroyé au plus grand chroniqueur de la région. *Pouvoir et journalisme s'accordent au masculin*, se dit-elle, amère.

— Reprenons là où nous nous sommes arrêtés, ordonne Lavoir en s'asseyant sur le coin du couchage précaire.

Elle s'appuie contre la porte et derrière ses cils, le visage d'Odette Dubreuil se mêle à celui de sa mère.

— Vous n'auriez pas une cigarette ? demande Rigal à Jeannette.

Elle le fusille du regard. Rigal fait mine de réfléchir.

— Tous les ans, la plupart des sept cents prisonniers qui s'évadent sont arrêtés en Guyane française. Je faisais partie de ceux qui avaient franchi cette maudite étape en traversant le Maroni. Mais je pouvais encore me faire prendre en Guyane hollandaise ou par les indigènes qui vivent des primes distribuées pour capturer les fugitifs.

Il s'approche subrepticement de Jeannette et agite les mains.

— La journée, les tigres rouges et les serpents peuvent vous dévorer. Et la nuit, des mouches sans aiguillon déposent leurs œufs dans vos oreilles. Paf ! fait-il en tapant dans ses mains.

Elle sursaute en poussant un couinement. Lavoir écrit aussi vite que possible.

— La mort survient dans les deux jours et dans d'atroces souffrances. Sans compter les scorpions et les araignéescrabes velues et assoiffées qui sucent votre sang jusqu'à la dernière goutte. Pour finir, les fourmis dévorent votre dépouille.

Elle retient son souffle et Rigal hoche la tête d'un air satisfait.

— En Guyane hollandaise, reprend-il d'un ton moins théâtral, j'ai travaillé dans une usine à bois. Avec l'argent économisé, j'ai embarqué pour le Venezuela. Quand je suis arrivé, une épidémie de peste sévissait durement. J'avais été infirmier à Saint-Laurent-du-Maroni, je connaissais les précautions d'usage, et je savais faire les pansements alors j'ai proposé mon aide. On m'a accueilli avec respect à l'hôpital de campagne.

Rigal se caresse les mains, puis lève un regard d'enfant sur Jeannette.

— Avez-vous déjà vu des pestiférés ? Leurs membres pourrissent. Peu à peu, les corps disparaissent, d'abord un doigt puis une main, après un bras…

— Ça suffit, l'interrompt Lavoir, il y a une dame ici.

— Je suis journaliste ! Je peux tout entendre ! s'emporte-t-elle.

Ce coup d'éclat la soulage. Elle respire de nouveau. Lavoir ordonne au bagnard de poursuivre son récit.

— Donc, j'ai exercé la médecine pendant six mois, puis je suis remonté vers le nord. À Mexico, j'ai succombé au charme d'une riche veuve qui m'a offert des bagues en or et des cigares gros comme des barreaux de chaise. Vite lassé, j'ai sauté dans un bateau pour La Havane, ensuite j'ai visité Le Caire et Alexandrie. À la fin, mon pays me manquait alors j'ai pris la direction de l'Espagne.

— Et avec quel argent ? demande Lavoir. Les traversées coûtent cher.

— J'achetais des statuettes que je revendais à des amateurs d'art. Je suis devenu le secrétaire particulier du duc d'Albe à Tolède.

Après la fermeture de la lourde porte derrière eux, Jeannette croit entendre une question, lancée comme une bouteille à la mer :

— Vous reviendrez ?

Aussitôt dehors, elle s'énerve.

— Le duc d'Albe est mort et enterré depuis au moins trois siècles. Il ment !

— Il ne fait pas exception… N'est-ce pas ?

Elle voudrait cracher la colère qu'elle contient depuis son entrevue ratée avec Odette Dubreuil, mais elle se contente de s'éloigner d'un pas précipité. En trois enjambées, Lavoir la rattrape. Il lui tend une lettre à remettre à l'inspecteur Perchet qui lui communiquera en retour une adresse où trouver la mère Rigal. Il a tout prévu !

— Et calme-toi… Un journaliste ne perd pas son sang-froid.

— Je ne suis pas un serpent !

Elle lui arrache le papier des mains et bifurque vers le commissariat de quartier accolé au palais de justice.

5

Jeannette remet la lettre à un agent du commissariat qui disparaît aussitôt dans un couloir. Après une délibération interminable dont l'écho lui parvient à travers une cloison, elle est admise à s'asseoir face à un petit homme énergique – l'inspecteur Perchet – qui ne la salue pas, occupé à l'observer, le menton dressé. Elle se voit en point minuscule et coupable épinglé sur le plan de la ville qui couvre une grande partie du mur en face d'elle. Coupable de quoi ?

Les doigts de Perchet battent le bois dans un rythme effréné puis la paume de sa main s'abat dans un claquement. Elle sursaute.

— Routier… Routier ! L'affaire des Affréteurs réunis ! Votre père ?

Elle marmonne qu'elle n'a pas de nouvelles. Les sales dossiers sont comme les casseroles attachées à la queue des chiens.

— S'il réapparaît, paf ! On le cueille. On ne se soustrait pas à la loi, mademoiselle.

L'air surpris de Jeannette l'incite à préciser :

— Ne me dites pas que vous ignorez qu'Alain Routier a été condamné par contumace !

Tandis que Jeannette explique la raison de sa visite, Perchet saisit une pile de papiers retenus par une ficelle qu'il dénoue puis tourne méticuleusement chaque feuillet, un œil fixé sur elle. Il bougonne que tout a été dit aux audiences de 23, malgré tout il consent à accorder une faveur à la messagère de Lavoir. Céleste Rigal, c'est son nom, a d'abord vécu rue des Fours, d'où elle a été chassée, puis elle est devenue marchande ambulante aux Capucins. Malheureusement, elle ne s'est pas présentée au procès de son fils et Perchet n'a aucune adresse à communiquer.

— Dites donc, il ne vous fait pas de cadeau, le vieux de la vieille, avec cette affaire.

Perchet se lève et se dirige déjà vers la porte en observant Jeannette avec méfiance. Elle lui renvoie un sourire penaud.

— À votre place, j'irais quai Sainte-Croix du côté du bateau-soupe.

Elle profite aussitôt des bonnes dispositions de Perchet pour le questionner sur Odette Dubreuil.

— Elle emportera son secret dans la fosse commune, soupire-t-il. Elle refuse de parler, et à moins d'un coup de théâtre au procès, on ne connaîtra jamais son mobile.

— J'ai lu qu'elle s'était vengée de la condamnation à mort de son amant.

— Il ne faut pas croire ce que disent les journaux. Vous êtes bien placée pour le savoir. Allez, j'ai du travail. Circulez, sinon je vous arrête pour racolage.

Perchet l'observe d'un air amusé, puis il ajoute :

— Odette Dubreuil est une ancienne prostituée, mais qui serait sensible à ses charmes aujourd'hui ? En revanche, vous...

Jeannette se précipite dehors. Tout se bouscule dans sa tête et son estomac gronde. Le soleil caché derrière les immeubles lui confirme que l'heure du dîner approche.

De retour dans son petit appartement, elle imagine une rencontre entre le magistrat Davon et l'ancienne prostituée Odette. Un amour inconditionnel, vite devenu encombrant pour lui. Rejetée, elle se venge en le tuant de onze coups de couteau. Jeannette grimace, l'idée est aussi mauvaise que la tranche de rôti froid dans son assiette. Dans la nuit, des fosses communes envahissent son sommeil. Fleurichon, le fleuriste du dessous, entend un cri fendre la nuit et marmonne en se retournant dans son lit que trop de chats se battent sur les toits de la ville.

Le lendemain matin, son air fermé n'échappe pas à Paul Duchaine.

— Ça ne va pas, JR ?

Elle prend de quoi écrire et se dirige vers la salle de réunion sans répondre.

Quand son équipe prend place, le regard lointain du patron et l'absence de Lavoir préoccupent JR. Et puis la nouvelle tombe comme la dépêche d'un télégraphe.

— RD (Roger Davon) s'est enfui du sanatorium, et AL (Antonin Lavoir) est à sa recherche. C'est tout ce que nous savons pour l'instant.

Vergnes nomme ses collaborateurs par leurs initiales en toutes circonstances. JR imagine une partie d'échecs dont les pièces seraient des humains. Le cavalier blanc AL arrivera-t-il à prendre le fou noir RD ? Dans quel camp se situe-t-elle ? Celui des blancs, puisqu'elle travaille avec Lavoir. Et quelle figurine la représenterait ? Un pion. La place de la dame n'est pas envisageable… Mais qui sait ?

— Qu'est-ce qui vous amuse ? lui demande Vergnes.

Elle bafouille.

— Puisqu'Antonin est absent, dites-nous où vous en êtes de l'interview du bagnard.

C'est sa première vraie prise de parole. Les regards tournés vers elle intensifient sa détermination. Alors elle fonce.

— Rigal nous a fait le récit de son évasion de Guyane jusqu'à son arrivée en Espagne. Il prétend y avoir servi le duc d'Albe. Son histoire n'est pas du tout crédible. Il a menti au moins à deux reprises, mais AL n'a pas l'air de s'en soucier…

Un ange passe. Est-ce à cause de sa voix un peu trop théâtrale ? Même les bruits de la rue baissent d'un ton.

— JR… Mademoiselle, qu'est-ce qui vous permet de douter des méthodes de notre plus grand journaliste ? Vos études, peut-être ? Votre statut de femme ? Ou devrais-je dire vos ambitions ?

Échec. Jeannette encaisse, puis se reprend :

— Je respecte le travail d'Antonin… Je me suis mal exprimée, je voulais dire…

Vergnes l'arrête d'un geste et s'intéresse au résultat de l'entretien avec Odette Dubreuil.

— Faites-nous rêver !

Murmures d'acquiescement.

— Je l'ai rencontrée malgré… elle s'interrompt à temps. Elle a prétendu s'être confessée à l'inspecteur Perchet, mais c'est faux !

— J'ignorais que la grâce avait touché Perchet de ses ailes divines ! s'exclame Vergnes.

Rire de l'assemblée tandis que le regard de Vergnes s'assombrit.

— Et c'est tout ? Vous nous avez assuré qu'une femme parlerait à une autre. Et que rapportez-vous ? Rien. Son jugement approche. Le temps presse. Je veux voir votre papier sur mon bureau dans une semaine. Sujet suivant !

Paul Duchaine retrace alors la course de motocyclettes de Floirac qui a attiré un public considérable. Un forgeron et un docker se sont battus, la tête du premier a heurté un rail de tram et le malheureux a succombé à ses blessures. Vergnes explose. Sa mission est-elle de s'occuper des chiens écrasés ou des performances sportives ? Paul a la regrettable idée de se justifier, ce qui n'arrange pas ses affaires. À la sortie, Vergnes retient JR.

— Au fait, vous m'aviez caché que votre père était recherché par la police.

Elle rougit jusqu'aux oreilles. Mat.

De retour dans la salle de rédaction, Paul essaie de détendre l'atmosphère en évoquant un baptême du feu. Elle rétorque qu'elle n'est pas un pion sur un échiquier. Elle voudrait ajouter qu'elle est journaliste-portraitiste, mais c'est mal parti.

— On doit se serrer les coudes devant le patron même si on ne s'aime pas. C'est la règle, ajoute-t-il.

— C'est pour ça que vous riez aux dépens des autres !

Lavoir fait irruption à cet instant et se laisse tomber sur une chaise, les joues en feu. Aussitôt, un attroupement se forme autour de lui.

— J'ai cherché Roger partout. Introuvable.

— Comment a-t-il fait pour s'enfuir ? demande Jeannette d'une voix morne.

— Il a pris la place d'un malade dans l'ambulance qui partait à l'hôpital Saint-André, ensuite il a disparu. Circulez ! Laissez-moi travailler !

Les journalistes s'éparpillent comme une volée de moineaux. L'inquiétude de Lavoir est celle d'un père pour son fils. Jeannette se demande s'il a une famille parce qu'il ne parle pas de sa vie hors du journal.

— As-tu informé Louis que tu abandonnais le sujet sur la meurtrière ?

— En fait… Il y tient.

— Donc tu n'as pas parlé de la mère Rigal !

À la sortie du journal, très contrariée, Jeannette décide de faire un détour avant de rentrer. Rue de Galles, elle devrait trouver des personnes qui connaissent Odette Dubreuil si elle est une ancienne prostituée comme l'a dit Perchet.

Il est tard. Les étoiles s'allument une à une. Elle se rappelle les nuits d'été passées à les compter, le vœu qu'elle formulait quand l'une d'elles filait au loin. Toujours le même.

Son intervention en réunion lui revient en mémoire. Catastrophique. *Une vraie débutante*, enrage-t-elle. Pour se rassurer, elle s'accroche à l'espoir de prouver la négligence de Lavoir.

Ses pas résonnent étrangement sur les pavés. Elle se retourne. Une ombre s'évanouit. Elle presse le pas.

La majestueuse cathédrale Saint-André lui griffe le cœur en réveillant le souvenir du cercueil de sa mère à ses pieds d'enfant. Les vibrations de l'orgue la dévorent de nouveau.

Rue de Galles, les enseignes lumineuses des bars clignotent avec fébrilité. Des hommes se saluent, s'interpellent, se tapent dans le dos. Des robes bigarrées inondent le trottoir. Des éclats de rire s'envolent par l'ouverture de petites échoppes. Jeannette avance au milieu de la voie. Elle serre son sac à main sur son ventre tel un bouclier.

Elle interroge une femme assise à califourchon sur une chaise bancale, la jupe remontée sur les cuisses.

— Odette Dubreuil était-elle la maîtresse du marin Truchaud ?

La belle-de-nuit évalue Jeannette d'un coup d'œil et lui dit de dégager. Un peu plus loin, Jeannette questionne une deuxième prostituée qui ironise. Les clients aiment la chair fraîche, comme elle. Ce qui fait rire d'autres filles qui se sont approchées.

— Est-ce qu'Odette Dubreuil était une entremetteuse ?

Les quolibets fusent. Jeannette s'éloigne. Devant un bar, des hommes la sifflent. L'un d'eux la suit et demande un baiser. Elle accélère l'allure. Il la rejoint et la dépasse. Un ventre velu sorti d'une veste déboutonnée lui barre le chemin. Le béret tiré en arrière découvre un front blanc et plat. Le type affiche un sourire dévasté et lève un verre vide à l'intention de Jeannette. Elle fait un pas de côté et sa cheville glisse dans une ornière. L'homme la rattrape par le bras et marmonne d'une voix pâteuse quand quelqu'un surgit et repousse l'ivrogne.

— Heureusement que j'étais là !

Incrédule, elle pose les yeux sur Roger.

— Qu'est-ce que tu fais là ? Tout le monde te cherche ! Antonin est terriblement inquiet…

— Je te retourne la question, ce n'est pas une rue fréquentable pour une jeune fille.

Elle le dévisage. Il a une sale mine. Roger se frotte le menton.

— Viens, je vais t'expliquer.

Ils entrent dans un bar à la devanture barbouillée de peinture rouge. Le Crystal.

Ils s'installent au fond de la salle. Lavoir a signé son internement et il a dû fuir avant son transfert à l'asile. Jeannette ne comprend pas. La discussion de Lavoir avec l'infirmière du sanatorium allait à l'encontre de cette décision.

— Tu ne le connais pas. Il est fourbe, hypocrite, menteur. C'est un tordu…

— Pourtant, il a juré de veiller sur toi quand ton père a rendu son dernier souffle.

— Mon père est mort sous les onze coups de couteau d'une fanatique. Tu crois qu'il a eu le temps de supplier Antonin ?

— Antonin est un menteur… dit-elle, songeuse. Pourquoi m'as-tu suivie ?

Roger plonge le nez dans son verre de porto.

— Je ne suis pas fou. Je guettais l'entrée du journal, je voulais demander de l'aide à Vergnes. Et puis tu es sortie précipitamment. Tu avais l'air très en colère et ça m'a intrigué. Qu'est-ce que tu cherches ici ?

— Justement, à prouver qu'Antonin a menti.

Roger plisse les yeux.

— C'est-à-dire ?

Elle ne peut pas préciser qu'elle désire faire la lumière sur les raisons de la mort de son père. Et peut-être, sauver la meurtrière de l'échafaud.

— Je dois rentrer…

Jeannette se lève.

— Je peux te raccompagner. Il fait nuit.

Elle décline l'offre et quitte le bar sans se retourner.

Un peu plus loin, une jeune prostituée dont les formes généreuses tirent sur les coutures d'une robe aux couleurs fanées attire son attention. Jeannette jette un coup d'œil par-dessus son épaule, personne. La fille a connu Truchaud. Un mauvais client qui l'a frappée parce qu'elle refusait de céder à ses exigences. C'est Odette Dubreuil qui lui a sauvé la vie même si Truchaud a eu le temps de lui péter le nez. Odette était la maîtresse de Raymond, le patron du bar Le Crystal… Les mecs dépensaient leur paie en bouteilles de mousseux pour passer un moment avec Odette. Et puis, Raymond l'a jetée dehors. Elle faisait trop d'histoires à son goût. Alors les filles l'ont recueillie, un jour chez l'une, un jour chez l'autre. Le temps qu'elle se remette, mais ça n'allait pas fort et elle a tué ce gros bonnet. Pourquoi ? Personne ne sait, mais on peut affirmer qu'Odette n'était plus la même après sa dispute avec Raymond.

Ainsi Odette n'était pas la maîtresse de Truchaud et Jeannette en éprouve une étrange satisfaction. Lavoir a tiré des conclusions à son avantage.

Elle marche en clopinant. Hâte de retrouver son lit. Quand elle arrive à son immeuble, une main se pose sur son épaule. Elle crie. Roger !

— Tu m'as suivie ! Rentre chez toi !

— Je ne peux pas, si Antonin me trouve, je suis fichu.

Roger regarde le bâtiment d'à côté.

— Je vais louer une chambre dans cet hôtel. Viens avec moi, je voudrais te demander quelque chose.

— Non !

Il la supplie. Le désarroi de Roger fait vaciller sa résistance.

— Je t'accorde cinq minutes. Je suis fatiguée et j'ai mal aux pieds…

6

Jeannette a mal dormi à cause de sa cheville douloureuse. Et Paul Duchaine n'est pas le bienvenu quand il se précipite vers elle à son arrivée. Pourtant, elle aime écouter ses anecdotes comme l'irruption d'un troupeau de vaches au milieu d'un peloton de vélos ; cela change de l'univers des criminels.

— Tu ne devineras jamais, JR !

— Je n'ai pas envie de jouer aux devinettes.

— Le patron a convoqué le vieux de la vieille, et ils sont enfermés depuis une heure, déclare-t-il.

— La disparition de Roger Davon les préoccupe sûrement.

Un malaise s'empare de JR face à l'inquiétude générale, mais elle a promis à Roger de garder le secret. Et elle s'est engagée à lui rendre un service.

— Depuis la mort de Davon, des bruits courent. Le président du tribunal veut que Vergnes prenne des sanctions contre Lavoir. Il aurait conspiré à son éviction !

— Tu crois qu'il est en train de se faire virer ?

Paul hausse les épaules puis inspire profondément.

— Dimanche, c'est la clôture de la grande quinzaine maritime. Je couvre les régates. Si tu venais assister à l'arrivée aux Quinconces, tu verrais un reporter moderne en action !

JR s'attarde sur le physique sportif de Paul, son regard franc, son sourire malicieux et ses cheveux épais.

— Avec plaisir. J'aime les courses de bateaux. À Genève, j'en ai remporté une à l'aviron.

Lavoir entre dans la salle de rédaction avant que Paul ne réagisse. Ce long entretien avec le patron n'a pas altéré son air suffisant, bien qu'un accablement se perçoive dans sa posture.

— Demain matin, rendez-vous devant la prison à 4 h 30.

— Pourquoi si tôt ?

Il souffle.

— Exécution des deux anarchistes.

— Mais Vergnes…

— Il est d'accord. Alors tu viens sauf si tu as quelque chose de mieux à faire comme t'occuper d'un mari que tu n'as pas !

— Ne me parlez pas sur ce ton !

— Et toi, arrête de te cacher derrière Vergnes.

— Vous ne m'écoutez pas. Ma parole ne compte pas, répond JR en élevant la voix.

— Tu en es où avec la mère Rigal ?

— J'irai à sa recherche demain.

— Non, tu y vas maintenant.

— Mais, je dois retourner voir Odette Dubreuil. Le patron attend mon papier.

— Je t'ai dit de ne pas t'en occuper. Tu laisses tomber la muette et tu te concentres sur Rigal. Tu me fais perdre mon temps à répéter sans cesse. Allez, file et ne sois pas en retard demain matin à la prison.

La colère met entre parenthèses la douleur à la cheville de Jeannette. L'horrible perspective la tétanise. Pourquoi Vergnes laisse-t-il Lavoir lui infliger ça ? Elle décide qu'elle oubliera de se lever. Elle ne fait pas ce métier pour voir tomber des têtes.

Elle suit le conseil de l'inspecteur Perchet en se dirigeant vers le bateau-soupe afin de retrouver la mère Rigal. Elle avance vers un navire à l'élégance urbaine sous un soleil de plomb. Les contours d'une gravure sur la coque se révèlent peu à peu, puis un cercle noir se dessine et enfin un œil posé sur une croix s'affiche. Elle se sent aspirée par cette pupille qui surveille son arrivée. *Osiris* est le nom du bateau-soupe offert par un riche homme d'affaires. Jeannette fouille sa mémoire en quête d'une date de mise en service. Lavoir déclarerait sans hésitation : « Avant la Grande Guerre. » Repère indéfectible.

Ses pas résonnent sur les croisillons métalliques d'une passerelle branlante. Des bruits de casseroles la guident. Dans une cuisine, un employé, le visage penché sur une énorme marmite, bat l'air de ses mains, mais l'odeur lourde de bouillon recuit éloigne Jeannette qui préfère entrer dans le réfectoire. Le premier service du jour pour les mères de famille commencera dans une poignée de minutes. Il est 11 heures. Jeannette interroge une femme qui balaie le sol de gestes lents. Mais celle-ci ne connaît personne du nom de Rigal.

Revenue dehors, une chape de plomb s'abat sur Jeannette. Elle plisse les yeux, cette chaleur devient insupportable. Pendant qu'elle questionne des indigents dans la maigre queue le long du quai, un individu sort du rang, puis se campe devant elle. Les curieux ne sont pas les bienvenus. Il transmettra le message. Jeannette ne se laisse pas intimider et elle hausse le ton. Plusieurs hommes les entourent maintenant. L'un d'eux la pousse du plat de la main vers un deuxième qui la bouscule, un troisième en profite pour ébouriffer ses cheveux. On la tire brutalement, elle perd l'équilibre. Une casquette brodée de l'œil *Osiris* fend l'attroupement et exige le calme au grand soulagement de Jeannette. Elle explique une nouvelle fois la raison de sa visite, mais l'employé lui ordonne de partir. Résignée, elle fait demi-tour lorsqu'une femme au bord de la passerelle lui fait un signe de la tête. La mère Rigal, qui se prénomme Céleste, vend des journaux à Saint-Projet.

Au lieu de prendre la direction du centre-ville, Jeannette approche du fort du Hâ où l'horreur se profile.

Une foule compacte se presse derrière des cordons de sécurité. Impossible d'avancer. Les bois de justice sont arrivés. Un badaud surexcité lui dit que la double décapitation est imminente. On s'attend à un coup d'éclat de la bande de terroristes des deux condamnés. Quand Jeannette demande des précisions, l'homme lui recommande de rentrer chez elle, ce n'est pas un endroit pour une femme. Jeannette n'a jamais vu autant de personnes rassemblées, les balcons des immeubles avoisinants sont pleins à craquer. Un peintre à en juger par sa tenue tachée de blanc, dit que les places y valent de l'or. Elles sont louées depuis le verdict et seulement dix citoyens seront autorisés à entrer dans la cour du Hâ.

La gorge nouée, Jeannette se demande qui peut trouver la force d'affronter une telle épreuve. La vue troublée, elle s'appuie à la façade d'un immeuble. La pierre brûle la paume de sa main. Elle se concentre sur la douleur physique pour évacuer l'horreur qui l'a envahie. Elle voudrait se cacher comme elle le faisait enfant et oublier.

4 h 20 du matin. Elle y est. Jeannette porte une robe noire. À son réveil, ciseaux à la main, elle a longuement hésité devant la violette en soie ornant une épaule, la jugeant tour à tour déplacée et nécessaire. Le tragique événement exige de la sobriété, mais la fleur représente la pensée qu'elle a pour les familles des condamnés.

Les pas de Jeannette résonnent sur les pavés de la ville endormie. Sa cheville s'est remise, ou bien l'épreuve qui l'attend a balayé la douleur. Elle rejoint Lavoir devant le cordon de police.

— Tu es venue…

Elle baisse la tête sur son sac auquel elle s'agrippe. Si elle s'était désistée, sa lâcheté lui ferait honte. Elle veut montrer qu'elle est à la hauteur.

— Tiens, voilà ton coupe-file pour franchir le barrage.

Elle attrape le document d'une main tremblante et remarque des éraflures sur celles de Lavoir.

4 h 40. Ils pénètrent dans la cour. Le cœur de Jeannette veut s'échapper et aller battre ailleurs, au bord du lac à Genève ou sous les pins de Claouey. Chapeau enfoncé sur les yeux, Lavoir dissimule son visage et peut-être aussi sa

peur parce que la mort est définitive et infinie, la vie, provisoire et limitée.

Derrière les murs de la prison, les condamnés sentent-ils que l'heure de leur expiation approche ? Les rumeurs de la foule leur sont-elles parvenues ? Le cœur de Jeannette se glace. Lavoir lui prend la main qu'elle retire aussitôt.

— Ça va aller. Je suis là.

4 h 50. Un fourgon franchit l'enceinte et se gare au fond de la cour. Sans bruit et avec des gestes lents et précis, cinq hommes en bleu de travail posent en croix sur le sol les poutres qui serviront de base à l'échafaud, puis ils enclavent les pièces de bois. Ensuite, les montants et leurs arcs-boutants s'élèvent. L'assemblage est réalisé avec adresse et en silence.

— Tu ne trouves pas qu'ils se ressemblent ? Ils sont frères. Un travail en famille…

5 h 30. La pénombre faiblit. Le couperet sort de sa gaine noire, étincelant, puis on l'insère dans les montants et le hisse. Les hommes en vérifient la mécanique.

6 heures.

— La veuve est prête, murmure Lavoir à son oreille.

Jeannette se focalise sur les battements rassurants de son cœur.

6 h 30. Trois des ouvriers retournent à la camionnette tandis qu'un groupe entre dans la cour de la prison. Lavoir souffle sur la joue de JR les noms des magistrats que le gardien-chef accompagne à l'intérieur des bâtiments.

— Ils vont les réveiller et annoncer que leur dernière heure est arrivée, poursuit Lavoir d'une voix électrique. On va leur proposer un café, du rhum et une cigarette. L'abbé se joindra à eux dans une dernière prière. Ils demanderont peut-être à écrire à leur famille. Après la toilette, ce sera l'heure de couper le col des chemises…

6 h 45. Le bourreau et deux de ses acolytes entrent à leur tour dans la prison.

— Il a dépassé la deux centième, un professionnel… En trente secondes, l'affaire est faite.

7 heures. Une horloge sonne.

7 h 03. Soutenu, le premier condamné apparaît, l'air étrangement calme, une cigarette à la bouche. Il franchit la grille de la cour sans faiblir. Il est poussé sur la planche qui bascule. La tête dans la lunette, il crie quelque chose que Jeannette ne comprend pas tant son corps et ses sens sont figés par l'effroi. Le couperet tombe dans un bruit sourd. Les aides du bourreau s'empressent de jeter la tête, puis le corps dans le panier. Le couteau ensanglanté remonte. La machine est nettoyée à coups d'éponge efficaces. Jeannette laisse Lavoir la soutenir du coude. Ses dents s'entrechoquent. Elle n'a pas détourné le regard par respect pour cet inconnu qui affrontait son sort avec dignité. Aussitôt, le second apparaît, étonné que son tour arrive si vite. Puis il hurle. Cette fois, Jeannette comprend.

— Le principal coupable passe en dernier pour qu'il mesure bien ce qui l'attend. La justice pense à tout.

L'homme a un mouvement de recul en voyant la machine. Son dernier cri sera interrompu par le couperet. La seconde exécution a lieu avec la même rapidité que la première.

— La justice a parlé, conclut Lavoir dans un soupir de soulagement.

Jeannette lève une main pour le gifler. Gifler pour qu'il arrête de parler. Gifler aussi pour un supplice digne de sauvages. Et gifler pour la violence de l'homme sur l'homme. Gifler encore pour les orphelins des décapités. Gifler enfin pour calmer cette colère qui resurgit. La lave brûle son corps et son âme comme le jour où son père a pris une décision irrévocable. Mais sa main retombe avec résignation, la dernière qu'elle s'accorde.

— Viens, on va boire un café.

7 h 30. Il lui prend le bras et se penche pour parler.

— Ça suffit, siffle-t-elle en se dégageant. Je suis capable de surmonter mes émotions. Je suis journaliste comme toi. Même si je n'ai pas ton expérience, j'en ai les compétences.

Lavoir ne relève pas le tutoiement de Jeannette qu'il doit attribuer à son trouble. Pour elle, cela marque la fin du respect qu'elle avait pour lui.

— J'ai bien fait de convaincre Vergnes. Le terrain est la meilleure école. N'est-ce pas ?

Il affiche un sourire amusé lorsqu'ils prennent place au fond d'un café où des travailleurs avalent un premier verre avant leur journée de labeur.

— Crois-tu que leur vie a cessé instantanément ? demande-t-il en fixant la violette sur l'épaule gauche de Jeannette. La question se pose, et on raconte même que la tête séparée de son tronc tourne le regard vers son bourreau.

Un miroir dans le dos de Lavoir reflète le ciel. Jeannette suit la course d'un nuage.

— On peut s'interroger, poursuit-il. Cependant, la perte de conscience est instantanée. La seule souffrance que ressent un condamné est morale et antérieure à l'exécution. Dès que le couteau tombe, la vie cesse. L'homme n'a pas le temps de sentir la lame lui trancher la gorge. La mort par guillotine est douce… Et si je concluais mon article ainsi ? Qu'en penses-tu ?

— C'est ton affaire.

— C'est aussi la tienne. Tu es journaliste, et sous ma responsabilité, ne t'en déplaise. D'ailleurs, le papier sera signé de nos deux noms. Une double exécution vaut bien ça !

Jeannette veut se faire une place dans le métier en construisant elle-même sa notoriété, pourtant elle accepte parce qu'une offre pareille ne se refuse pas.

Lavoir poursuit son exposé avec une démonstration réalisée par des physiologistes d'aujourd'hui. L'activité locale d'un nombre incalculable de cellules organiques persiste de façon isolée après la mort ; comme le cœur d'un animal séparé de son corps qui peut battre plusieurs heures.

Jeannette se sent glisser, elle blêmit. Dans son vertige, elle voit la glace exploser comme une douleur et une multitude d'éclats se met à tourbillonner dans l'air.

— Ça va ?

— Continue, réussit-elle à prononcer.

— Ce que réfute un éminent médecin. Je le comprends, mais quelque chose me trouble… Quand je croise certains regards, j'y reconnais le masque du trépas.

Il lit dans le miroir des âmes… La phrase sonne comme un glas cette fois.

— Et je t'interdis de me tutoyer… Je suis ton supérieur, ne l'oublie pas.

Dehors, deux enfants se poursuivent. Le soleil a réveillé la ville, les passants vaquent à leurs occupations d'un pas pressé. Jeannette y voit un immuable rite imposé par le jour, balayant les tourments de la nuit d'un revers de manche.

Elle songe aux familles des suppliciés pour qui le temps s'est interrompu à l'aube. Elle entend à peine Lavoir lui dire de rentrer chez elle et se reposer. Les sons lui parviennent feutrés, arrêtés par l'épaisseur de ses pensées.

— Si une femme peut assister à une exécution sans faire une crise d'hystérie, alors elle peut monter à l'échafaud avec dignité. C'était mon message de ce matin aux officiels.

Elle lui crache au visage.

7

Je sauverai Odette. Rien ni personne ne m'arrêtera, se répète-t-elle.

Lavoir s'est servi de Jeannette dans la mise en place de sa vengeance. Mais sa sournoiserie touche également Roger. Il possède un certificat délivré par le sanatorium pour un internement immédiat à l'asile. Jeannette a lu que les conditions de vie y sont terribles. Quel danger représente Roger pour Lavoir ?

Jeannette arrive devant l'immeuble dans lequel Roger et son père partageaient un appartement.

Le panneton d'une clé qu'elle serre s'est incrusté dans sa main lorsqu'elle aborde un homme qui nettoie le trottoir. Le concierge.

— Qu'est-ce qui prouve que c'est M. Roger qui vous envoie ?

— Ceci, répond-elle en ouvrant la main.

— J'ai des raisons de me méfier, bougonne l'homme. La nuit passée, j'ai fait feu sur un type qui escaladait le mur côté jardin…

— L'avez-vous blessé ?

Le gardien secoue la tête à regret.

— M. Bernard était très inquiet les derniers temps. Sa réussite faisait des jaloux. Il me demandait de bien surveiller l'immeuble.

— Qui lui en voulait ?

— D'après ce qu'il disait, il recevait de nombreuses menaces.

Il détaille Jeannette d'un air dédaigneux, puis ajoute que Bernard Davon désirait être alerté si une femme rôdait dans la rue. Le concierge n'a rien remarqué de suspect jusqu'à aujourd'hui.

Jeannette gravit alors les marches de pierre en toute hâte. Spacieux et meublé avec goût, l'appartement des Davon sent le propre et il y fait bon. Le parquet ciré craque sous les pas. Aux fenêtres, de lourdes tentures rouges occultent la lumière. À droite, l'entrée dessert un séjour qui communique avec une bibliothèque et le bureau du père. La cuisine et la salle de bains se situent à l'autre extrémité du logement.

Dans la chambre de Roger qui fait face à celle de son père, une affiche immortalise l'exploit du jeune pilote Lindbergh. La première traversée de l'Atlantique. Comme indiqué par Roger, Jeannette prend un sac de voyage rangé sous le lit et le remplit de quelques effets. Sélectionner des sous-vêtements d'homme la fait rougir.

Jeannette s'assied dans le bureau face au portrait de Bernard Davon qui lui renvoie un regard impénétrable. Le secrétaire rappelle celui de son père sous lequel elle se cachait pour lire. Les tiroirs sont déverrouillés, contrairement aux prédictions de Roger, mais la fouille s'avère infructueuse.

— Où sont les lettres du corbeau, monsieur Davon ? demande-t-elle au visage émacié qui la fixe. Sous votre lit ?

Mais l'inspection de la chambre ne donne rien. Elle flâne dans le logement cossu et examine chaque recoin en vain. Elle referme l'appartement à double tour, déçue. Ces lettres pourraient éclairer des zones sombres de la vie de Davon et l'aider à sauver Odette Dubreuil. Elle dévale l'escalier et court à l'hôtel des Quatre-Sœurs. Elle monte discrètement jusqu'à l'étage. Roger ouvre la porte avant que Jeannette ait frappé. Il s'empare du sac et le fouille.

— Où sont-elles ?

Roger écoute les explications de Jeannette, l'air mauvais.

— Quelqu'un a cherché à s'introduire chez toi la nuit dernière. Je crois que c'est Antonin. J'ai vu des éraflures sur ses mains. Il a dû s'égratigner sur les toits quand le concierge lui a tiré dessus.

Roger tourne en rond dans la chambre. Jeannette pose la question qui la préoccupe depuis sa première rencontre avec lui.

— Pourquoi pensais-tu que quelqu'un voulait t'empoisonner au sanatorium ?

Le visage de Roger s'illumine puis reprend son air sombre.

— J'ai inventé cette histoire pour qu'on me laisse sortir, mais ça s'est retourné contre moi, comme toujours…

Jeannette se rend place Saint-Projet, où la mère Rigal vend des journaux selon la femme qui fréquente le bateau-soupe. Son regard se pose sur une vieille dame, assise sur un banc à l'ombre d'un platane. Enroulée dans une cape, les jambes couvertes d'une jupe de gros coton, elle tient dans ses bras un éventail de journaux. Une marchande comme il n'en existe plus ; elles ont des kiosques désormais, mais l'évolution a oublié celle-ci. Ce reportage pourrait aider Jeannette à gagner la confiance du patron et obtenir son soutien dans ses choix… Un foulard noué sous le menton accentue la fragilité de la femme qui murmure quelque chose en tendant un exemplaire. Jeannette lui remet une pièce tirée de son porte-monnaie et s'assied près d'elle. C'est Céleste Rigal.

— Vous ne devriez pas rester sur ce banc, vous allez attraper un coup de chaud.

Céleste pose un regard vide sur Jeannette. Les couches de vêtements ne semblent pas gêner la vieille dame de la canicule.

— J'ai vu votre fils à la prison.

— Non, objecte Céleste, après un moment de silence. Un bateau l'a emporté. Et maintenant, il est mort.

— Il s'est évadé du bagne et il est revenu. Vous avez dû lire l'article dans la presse.

— J'ai vu sa photo en première page et j'ai cru…

Manifestement, Céleste ne sait pas lire, mais est-ce nécessaire pour vendre des journaux ?

— Le journal annonçait son arrestation. Il est au fort du Hâ.

— Les âmes des vieux défunts avaient donc raison, il est vivant…

Jeannette suppose que Céleste fait allusion aux tombes du cimetière enfouies sous les constructions près de la fontaine.

— Si vous voulez le voir avant qu'il ne reparte en Guyane, je peux vous aider.

— Pourquoi tu ferais ça pour moi, mon petit, on ne se connaît pas ?

— Parce que…

Jeannette s'arrête avant de dire qu'elle est journaliste.

— … vous me faites penser à ma mère.

Mise en confiance, Céleste raconte que la vie ne l'a pas épargnée. Aujourd'hui, elle survit grâce à la vente de journaux. Jeannette en profite pour demander quel genre d'enfant était son fils. Céleste réfléchit un instant avant de répondre. Pascal s'était mis en tête que son père était un riche commerçant chez qui elle a travaillé autrefois. Après la guerre, Pascal est parti à la recherche de cet homme qui avait déménagé à Paris avec sa famille. Mais après plusieurs vols, il s'est fait arrêter. À sa sortie de prison, il est rentré à Bordeaux où il a agressé un magistrat. Le procès a signé son envoi au bagne.

Jeannette a une idée en tête, alors elle insiste.

— Si votre fils est revenu ici, c'est un signe. Je suis certaine qu'il sera heureux de vous revoir.

— Non, répond Céleste avec défaitisme. C'est trop tard, il m'a oubliée.

— Il faut essayer ! Je vais organiser une rencontre, promet Jeannette en serrant la vieille dame dans ses bras.

En quittant la place Saint-Projet, Jeannette imagine une photo des retrouvailles de la mère et du fils accompagnant son article, une peinture avec des mots. En introduction : « Une vendeuse de journaux prend des nouvelles de son enfant en interrogeant les morts. » Lavoir lui réclame cinq lignes, elle en écrira trente !

Jeannette s'avance avec méfiance vers l'enceinte du fort du Hâ, les alentours comme les balcons ont retrouvé leur quotidien. Le geôlier en chef Joseph lui refuse l'entrée. L'accès est interdit au public aujourd'hui.

— On doit nettoyer la cour, le bourreau s'est empressé de filer. Une urgence l'appelait.

— Le sang attire les animaux, commente un employé muni d'un balai.

Un frisson parcourt Jeannette. Elle reviendra demain.

— Pas possible, décrète Joseph d'un air faussement navré. Votre accréditation a été annulée par votre patron.

Joseph fait allusion à Lavoir. La guerre est déclarée. Il réplique à son insolence en supprimant son autorisation. Avant de rentrer chez elle, Jeannette s'arrête au palais de justice. Deux bâtiments latéraux encadrent un portique orné de douze colonnes cannelées. Un corbeau croasse dans le ciel. Elle gravit les dix-sept marches en songeant à Davon, corps gisant près de l'entrée. Pourquoi onze coups de couteau ?

Parmi les statues, elle reconnaît celle de Montesquieu. Face à elle, trois portes. Elle franchit celle du milieu, puis elle s'avance dans la salle des pas perdus à l'atmosphère sévère. Il y fait frais. Des robes noires glissent comme des fantômes tandis que des familles chuchotent. Les yeux accrochés au plafond à caissons, Jeannette emprunte l'escalier conduisant aux services de l'administration. En haut, la statue de la justice l'arrête d'un regard pénétrant. Puis un homme à l'air de circonstance lui propose son aide. Jeannette vient chercher les affaires personnelles de Bernard Davon, c'est son fils qui l'envoie.

Un instant plus tard, un autre magistrat arrive à sa rencontre, les bras encombrés d'un carton.

— Bordier. Je suis le successeur de Davon. Vous me sortez une belle épine du pied. Je ne savais que faire de tout ça…

Le pouls de Jeannette s'accélère. Les lettres…

8

Les conversations s'évanouissent à l'arrivée de JR. Les regards s'égarent quand elle s'assied. En chemin, elle a cédé à la tentation d'admirer son nom imprimé dans le plus grand quotidien de la région, alors elle repousse l'exemplaire déposé par une âme bien intentionnée. Lavoir a tenu sa promesse.

— Ça va mieux JR ? demande Paul. Le vieux de la vieille nous a dit que tu avais pris ta journée pour te remettre de la double exécution…

Elle le fixe avec incrédulité. Deux jours plus tôt, elle se serait révoltée… Elle se contente de hausser les sourcils.

— Tu as raté, hier ! Vergnes a confirmé que le président du tribunal faisait pression. Une tête doit tomber et ce ne sera pas la sienne. J'en prends le pari.

— Qu'est-ce que tu fais là ? fulmine Lavoir qui vient d'entrer. Il me semble que Louis t'a demandé de te remettre en selle, alors qu'est-ce que tu attends ?

— N'oublie pas les régates de dimanche. Ça te changera les idées, lance Paul à Jeannette en s'éloignant.

— Ce morveux a cru qu'un cliché du tour de France et trois lignes feraient plus moderne qu'un article détaillé. Il se prend pour qui ? Il va se faire virer, j'en prends le pari. Bon, tu avances avec la mère Rigal ?

JR lui fait part de son projet de retrouvailles. Mais Lavoir ne cherche pas à émouvoir le lectorat. Il veut enfoncer cette vermine née dans la fange et l'y maintenir jusqu'à la fin des temps. Cinq lignes sur la mère avant ce soir, c'est un ordre. Elle rétorque que c'est du parti pris et retient son envie de révéler où se cache Roger. Pourtant elle se délecterait de provoquer un air interloqué sur le visage de Lavoir. Alors, elle demande d'une voix faussement compatissante :

— As-tu des nouvelles de Roger ?

— Ne me tutoie pas, réplique Lavoir, acerbe.

— Alors, ne le fais pas.

— Mon âge m'y autorise !

— Qui l'a dit ?

— La bienséance. D'où sors-tu pour l'ignorer ?

— De Suisse où les femmes sont respectées.

— Écris ces fichues lignes et tais-toi.

Paul et son dactylographe en train de préparer la couverture d'un événement sportif ne perdent rien de ce qui se joue trois tables plus loin. Personne n'affronte le vieux de la vieille ; pas même le patron.

Vergnes entre à ce moment-là et s'inquiète avec condescendance de l'état mental de Jeannette. Il avait pourtant prévenu qu'elle ne supporterait pas une si lourde épreuve, mais Lavoir s'est obstiné dans des décisions dont les raisons échappent au commun des mortels. Elle répond par un sourire entendu et réclame une nouvelle accréditation qui a été annulée par erreur, ce qui l'empêche de poursuivre le reportage sur Odette Dubreuil.

— Antonin, occupe-t'en, ordonne Vergnes en quittant la pièce. Puis il lance à l'adresse de Jeannette : Je veux voir votre papier sur mon bureau avant la prochaine réunion.

Aussitôt après, elle attaque Lavoir.

— Je sais que Bernard Davon ne t'a pas demandé de veiller sur Roger parce que tu es arrivé sur les lieux après sa mort !

— Qui t'a dit ça ?

Elle évite son regard. Un silence pesant s'installe. Lavoir doit supposer que l'information vient de l'inspecteur Perchet, puis d'une voix sourde, il précise :

— C'est un engagement moral. Bernard était comme un frère. Il incarnait la droiture, la respectabilité, l'honnêteté, l'impartialité. On se comprenait... Ce soir-là, j'avais organisé une soirée au restaurant pour fêter la prise de ses nouvelles fonctions. On débouchait le champagne quand Roger a surgi, les mains couvertes de sang en hurlant que son père venait d'être assassiné. Sur les marches du palais de justice, j'ai découvert l'horreur. Et quand j'ai fermé les paupières de Bernard, ses yeux ont réclamé une promesse, celle de veiller sur son fils.

Lavoir renifle.

— Si Perchet ne s'était pas interposé, j'aurais étranglé cette folle sur-le-champ.

— Y a-t-il eu des témoins ?

— Elle n'a pas cherché à fuir et on a relevé ses empreintes sur l'arme du crime. Fin de l'histoire.

Même si la salle est vide maintenant, JR baisse le ton.

— Sais-tu que Davon recevait des lettres de menace ?

— Pas au courant, marmonne Lavoir, les yeux fixés sur ses mains égratignées.

— Ces lettres prouvent que quelqu'un lui en voulait depuis un certain temps.

— Et alors ? C'est elle qui les a envoyées.

— Donc elle aurait prémédité son acte.

— Qui a dit le contraire ?

— Dans ce cas, pourquoi aurait-elle attendu le verdict du procès de Truchaud ?

Les joues de Lavoir frémissent sous la pression de ses dents.

— J'ai interrogé des prostituées qui affirment qu'Odette Dubreuil n'était pas la maîtresse de Truchaud, ce qui veut dire que tu as tiré des conclusions hâtives et communiqué de fausses informations aux lecteurs… Et tu avais de bonnes raisons de le faire !

— Si tu étais un homme, je te casserais la figure.

— Ne te gêne pas !

Il lui tend un gribouillage à l'en-tête du journal.

— Disparais…

— Roger a certainement compris que tu organisais son transfert dans un asile alors que tu prétends veiller sur lui, réplique-t-elle en sortant.

Jeannette agite la demande d'accréditation devant le gardien-chef Joseph qui se contente d'y jeter un coup d'œil distrait.

— Vous ne lâchez jamais.

— J'essaie de faire mon métier.

— On les connaît, les gens comme vous.

— Pourtant, vous semblez bien vous entendre avec Lavoir, rétorque Jeannette, encore sous le coup de la colère.

— Avec Antonin, c'est différent...

— Il est dangereux, commente un balayeur qui a surgi derrière elle.

— Tais-toi !

— Bon, je souhaite m'entretenir avec deux prévenus : Pascal Rigal et Odette Dubreuil.

La femme Dubreuil est à l'infirmerie et Joseph ignore pourquoi. Les visites n'y sont pas autorisées. Il conduit Jeannette au parloir des hommes. Un gardien fait asseoir Rigal de l'autre côté de la grille.

Elle ne capitulera pas et écrira un placard d'une demi-page, contrairement aux exigences de Lavoir. Peu importe le temps que cela prendra.

— Je me demandais si vous alliez revenir.

— Avez-vous des choses à ajouter à votre excentrique récit ?

Le prévenu a perdu de sa superbe. Il paraît plus vieux, plus maigre, plus fragile, plus inquiétant aussi.

— Vous ne connaissez rien à la vie, réplique-t-il avec rudesse. Vous venez chercher des sensations fortes et ensuite vous irez partager votre effroyable expérience avec vos amies à l'heure du thé.

— L'effroyable expérience, je l'ai vécue hier matin lorsque deux têtes ont roulé dans le panier. Je suis là parce que votre mère souhaite vous parler avant votre renvoi en Guyane.

Les entraves cliquettent, Rigal s'agite sur son siège, puis il courbe le dos. Elle ne voit pas son visage.

— Je voulais être quelqu'un de respectable, qu'on m'admire comme…

— Elle m'accompagnera la prochaine fois.

— Non ! Son fils est mort.

— Alors, pourquoi êtes-vous revenu ici ? Qu'est-ce qui vous y a poussé ?

— J'avais une affaire à régler.

— De quel genre ?

Des voix parviennent jusqu'au parloir.

— Ça ne devait pas se passer comme ça. Je ne devais pas finir ma vie entre quatre murs.

Elle fait signe au gardien.

— Attendez ! J'ai besoin d'un service.

Elle se rassied.

— Dans la doublure du gilet dans la valise, il y a un ticket. Trouvez-le, ensuite je vous dirai quoi en faire.

— Un service en vaut un autre, Pascal…

Pour les besoins du portrait des Rigal, Jeannette s'arrête au commissariat. L'inspecteur Perchet l'écoute d'un air amusé puis la sonde de son regard de fouine.

— Je pourrais vous appréhender, afin de vous interroger sur la disparition d'Alain Routier.

Jeannette prend la menace au sérieux. Aussitôt qu'on mentionne son père, un goût amer tapisse sa bouche.

— Je pense que Rigal est revenu à Bordeaux avec un dessein particulier, dit-elle d'une voix étranglée.

Perchet affiche son étonnement.

— Je cherche des informations qui apporteraient un éclairage sur sa personnalité.

— Vous devriez rentrer dans la police ou écrire des romans, commente Perchet, ironique.

— Le chef d'accusation n'est pas un secret, et de toute façon je le connaîtrai, il me faudra plus de temps, c'est tout…

Un brouhaha dans le hall du commissariat attire l'attention de Perchet qui bondit hors du bureau et hurle des ordres. Un instant plus tard, le visage rouge, il saisit un dossier sur le meuble à côté du plan épinglé au mur.

— Voilà ! fait-il après avoir parcouru des notes. M. Jean Bertin, conseiller à la cour d'appel de Bordeaux, rentrait chez lui rue Vital-Carle quand, dans la partie la plus étroite de la rue du Temple, un individu lui a asséné un coup de couteau dans le bras puis l'a dépouillé. Le portefeuille de la victime était vide, le voleur a dérobé une montre et sa chaîne en or. Mlle Jossin – vingt ans, femme de chambre – a assisté à l'agression. Rigal a été arrêté puis jugé et condamné à quinze ans de travaux forcés en tant que récidiviste.

— Rue du Temple, la rue des Davon…

— N'y voyez aucune relation de cause à effet. Ce n'est pas le premier forfait dans cette rue et ce ne sera pas le dernier.

Perchet se lève.

9

Sur le lit, trois robes d'été. Leur essayage n'a pas résisté à l'œil critique de Jeannette dans le miroir sur pied. Trop décolletée. Trop légère. Trop colorée. Elle soupire. Il reste cette robe de printemps aux manches trois quarts, mais le tissu ne convient pas à un mois de juillet.

Elle n'a pas les moyens de s'offrir une nouvelle tenue avant de recevoir sa première paie. Et puis le dimanche, les magasins sont fermés. Alors elle remet les vêtements sur leurs cintres, pourtant elle aurait aimé rejoindre Paul. Elle tourne et vire en combinaison dans son minuscule appartement. Elle regarde par la fenêtre. 2 heures de l'après-midi. Les orages de la nuit ont laissé place à un ciel limpide. Elle allume une cigarette quand des cris de joie traversent les toits. Le chat noir du voisin progresse avec aisance sur les tuiles en contrebas.

— Où vas-tu, mon gros ?

Le félin répond d'un miaulement strident en la fixant de ses yeux brillants. Elle rit, puis se rend compte que depuis son retour à Bordeaux, elle ne s'est pas accordé un moment de répit. Les jeunes de son âge se distraient au théâtre, au cinéma ou au bal alors que son univers se borne à la prison et au journal. Pascal Rigal a peut-être raison, elle devrait boire le thé avec ses amies. Mais elle n'en a pas, au mieux, quelques anciennes relations qu'elle a perdues de vue. Et puis, elle concentre son énergie à ne laisser aucune chance à Lavoir de mener Odette Dubreuil à l'échafaud.

Nouveau miaulement. Il est temps que sa vie retrouve un peu de légèreté. Elle ferme les yeux et attrape un cintre au hasard. Trop décolletée. De toute façon, elle n'a pas grand-chose à montrer, dirait sa tante.

Elle quitte son appartement en longeant les façades afin d'échapper à l'œil de Roger. Elle descend la rue Esprit-des-Lois jusqu'aux quais puis réussit à se frayer une place au bord de l'eau, face à l'esplanade des Quinconces, où une grande banderole « Arrivée » flotte au vent. La course de canoë s'achève et celle de l'*Excelsior* aux équipes composées de deux membres et d'un barreur suivra. En clôture, la compétition de yoles où quatre rameurs par bateau s'affronteront. Le départ est donné depuis la passerelle de chemin de fer, explique un spectateur avant de crier à pleins poumons. Jeannette rejoint la liesse en tapant des mains.

Lorsque l'euphorie est retombée, elle cherche en vain le visage de Paul. Elle flâne parmi les badauds du dimanche. Des enfants se poursuivent au bord du quai. Un vent léger souffle sur la Garonne et l'odeur des beignets frits chatouille les narines par vagues.

— Tu aimes les chichis ?

— Paul ! Comment m'as-tu trouvée ?

— Facile, je ne vois qu'une jolie fille ici. Alors, que penses-tu de la course ?

— J'ai adoré. Tu as bouclé ton article ?

— Pas encore. J'arrive de Cambes, j'ai accompagné le président du club des régates dans son canot automobile.

Jeannette hoche la tête, admirative.

— Un jour, on en fera ensemble, promet Paul. C'est formidable de fendre le fleuve à vive allure. L'eau réserve de pures joies et on y pratique des exercices bons pour la santé. D'ailleurs je vais conclure mon article sur cette phrase. Viens, je vais te présenter quelqu'un.

À son étonnement, sa main prisonnière de celle de Paul lui procure un certain bien-être. Elle se laisse entraîner.

Bien que les bistrots en bordure des quais soient bondés, Paul joue des coudes et la guide à l'intérieur d'un café grand comme un mouchoir de poche. Il frappe sur le comptoir pour attirer l'attention. Un type au débardeur usé et aux épaules musclées se tourne vers eux.

— Charles, voici Jeannette.

Elle sourit au visage le plus cabossé qu'elle ait jamais vu. Une bosse étrange surmonte le nez du patron, des bourrelets de chair remplacent ses oreilles et ses yeux pétillent sous des arcades sourcilières proéminentes.

— Ta petite amie ?

— Une collègue. Sers-nous deux blancs bien frais.

— Charles est mon beau-père. Tu vas l'adorer, il a un cœur en or. Toujours prêt à rendre service. Il était mon entraîneur et, après la mort de mon père, il a épousé ma mère. Depuis, elle chante toute la journée. C'est le résultat de son mariage avec un rugbyman !

Paul saisit les deux verres et conduit Jeannette au bord de l'eau. Il entoure d'un bras solide ses frêles épaules, mais elle se dégage d'un mouvement brusque.

— Excuse-moi, mais…

— Je comprends. Pas grave…

Une fois le moment de gêne passé, ils parlent de ce qui les unit, le journal. La conversation s'oriente d'abord sur la disparition de Roger, puis dévie sur Lavoir. Tous les membres de la rédaction le détestent. Lavoir lui a fait un cadeau empoisonné en accolant sa signature à la sienne, mais Paul la félicite de lui tenir tête.

— Il est le seul avec qui le bourreau accepte de dîner la veille d'une exécution. Aucun autre journaliste de France n'a ce privilège.

Jeannette l'écoute, perplexe.

— Lavoir passe le chercher à son hôtel et l'amène dans un restaurant qu'il fait approvisionner en lamproies. Tout un symbole.

Jeannette fixe les eaux tourbillonnantes de la Garonne où les lamproies viennent pondre à la saison. Elles ressemblent à des serpents visqueux et se nourrissent du sang de leurs proies grâce à une bouche en forme de ventouse. Sa grand-mère les pendait à des crochets avant de leur couper la queue. La petite Jeannette regardait le liquide rouge, qui servirait à la sauce, couler dans une écuelle.

— Lavoir est une lamproie, assure Paul. Il s'abreuve du sang des condamnés. Je me demande si leur cérémonial a eu lieu cette semaine…

Le matin de la double exécution, Lavoir n'a laissé transparaître aucun signe d'une quelconque relation avec le bourreau.

— Pourquoi ?

— Parce que c'est Davon qui organisait les rendez-vous.

Jeannette rentre chez elle, préoccupée par sa conversation avec Paul. Le rituel de Lavoir à la veille des exécutions semble monstrueux. Pas étonnant qu'il ait disserté avec plaisir sur la vie partielle après la mort.

Paul n'a pas raccompagné Jeannette et elle le regrette. Trois coups secs frappés à la porte la tirent de ses réflexions.

— Roger ?

— Tu en as mis du temps… Où étais-tu ?

— Pourquoi m'espionnes-tu ?

— Je dois absolument te parler…

— Le fleuriste t'a vu monter ?

— J'ai attendu qu'il tourne le dos.

— Entre, mais ne fais pas de bruit.

Roger pénètre dans le petit appartement de Jeannette pour la première fois. Un journal sous le bras, il jette un regard circulaire à la pièce, puis s'assied sans y être invité. Son air hagard inquiète Jeannette. Elle prend place face à lui.

— Je t'écoute.

D'une main tremblante, il déploie le quotidien sur la table et pointe un article dont elle reconnaît le titre. « Une double exécution capitale à Bordeaux », puis il égrène les intitulés des paragraphes. « Avant l'exécution. Les mesures d'ordre. Le montage de la guillotine. Dans la prison. Deux têtes tombent. La foule pendant l'exécution. Une question angoissante. La vie partielle de certains organes. Les expériences faites sur des suppliciés. La mort par la guillotine est bien foudroyante. » Et pour finir les signatures. Un bourdonnement rompt le silence qui s'est installé, le temps pour une mouche de décrire un cercle puis de disparaître par la fenêtre. Le soleil est encore haut dans le ciel.

— Tu as cosigné un article sur une exécution !

— Il l'avait promis…

— Ton nom est désormais associé à la mort de deux personnes et à des conjectures nauséabondes.

Devant l'air vexé de Jeannette, Roger poursuit :

— À mon arrivée au journal, j'ai aussi travaillé sous sa direction. Très vite, il m'a demandé de l'accompagner à l'exécution de 23. Un excellent millésime selon lui. Il s'agissait d'un parricide.

Le soleil décline et les toits projettent des ombres étirées dans le petit appartement toutefois la chaleur persiste. Le cœur de Jeannette s'accélère, un renflement se devine sous le couvre-lit. Les lettres…

— La veille de l'exécution de 23, Lavoir exposait dans un article les divers châtiments subis par les parricides au cours de l'histoire. Cicéron ordonnait de frapper jusqu'au sang les coupables que l'on enfermait ensuite dans un sac avec un chien, un coq, une vipère et un singe vivants puis on jetait le tout à l'eau.

Elle n'arrive pas à écouter Roger tant elle est préoccupée par les lettres. Elle entend à peine ses explications : le chien symbolise la rage, le coq rappelle qu'il bat sa mère, la vipère déchire le ventre de la sienne en naissant, et le singe ressemble à l'homme. Le code Napoléon avait instauré qu'on leur coupe le poing droit avant de les exécuter. Une révision a mis fin à cette barbarie, mais les parricides s'avancent encore de nos jours vers la veuve noire pieds nus, un voile sur la tête et un peignoir sur les épaules.

— Antonin m'a menacé : si tu tues ton père, voilà ce qui t'attend.

Elle sursaute à la dernière phrase.

— Je ne me suis jamais entendu avec mon père. Il aurait voulu un fils à la brillante carrière et je n'ai été que déception. Antonin le sait. Bref, j'ai refusé d'assister à cette exécution. Vergnes m'a affecté à la culture. Et lorsqu'Antonin dînait à la maison, je sortais.

10

Dans un article du journal au fond du cabas de Jeannette, Lavoir relate l'évasion de Rigal sans faire allusion à son passé. Ce délai supplémentaire qu'il lui a refusé affecte Jeannette plus que l'absence de son nom au bas de l'article. Mais elle ne baisse pas les bras.

Une grande agitation règne dans le brouillard matinal en bordure des quais. L'arrivée brinquebalante du tramway s'annonce par le vacarme des rouages en friction sur le rail qui couvre le tintement de la clochette. Dès qu'elle saute sur le marchepied, un groupe de travailleurs la salue par un tapage qui se mêle à celui de la motrice. Les joues enflammées et le cœur battant, elle s'acquitte du trajet auprès d'une receveuse en tablier gris. À l'arrière du wagonnet vert aux filets jaune or, elle profite de l'air matinal fugace. Les ménagères se pressent chez les commerçants, panier au bras. Jambons suspendus, poches de charbon entassées, légumes alignés, poulets en cage, cordes d'oignons défilent sous ses yeux.

Elle descend à l'arrêt Saint-Jean. Sous la marquise accolée au bâtiment, des voyageurs assis sur des garde-corps ou des balluchons patientent. La gare, comme le tribunal, est un lieu où le temps se perd. On y attend un train pour une nouvelle destination, un verdict pour un changement de direction. D'un pas décidé, elle suit le panneau indiquant la consigne. Le préposé examine le ticket qu'elle lui a remis, puis disparaît derrière les casiers.

Lorsqu'elle reprend le tramway, le soleil brille, un record de chaleur sera peut-être battu aujourd'hui. Son cabas est bien trop grand pour ce qu'il contient, mais elle ne savait pas ce qu'elle trouverait à la consigne. Cela pouvait être des vêtements ou l'argent de victimes de Rigal ou même une arme. Depuis son réveil, elle était partagée entre l'excitation de pénétrer l'intimité d'un repris de justice, et la peur de la transgression. La réalité la laisse perplexe.

Pourquoi Rigal s'inquiète-t-il d'une vieille boîte aux ferrures rouillées ? Un de ces coffrets à secrets dont les enfants raffolent.

De retour à la rédaction, un employé au tablier taché d'encre jette un billet sur la table. Un télégramme de Léo Obi, son professeur de Genève. Sa première réaction est de refuser le service qu'il demande, mais elle lui est redevable. Il l'a aidée sans condition.

Elle souffle, lorsque Paul passe près d'elle.

— Cœur qui soupire n'a pas ce qu'il désire.

Elle a failli répliquer pour soulager son agacement, mais se contente de grimacer et le reporter interprète le signe comme une invitation à s'asseoir.

— Qu'est-ce qui ne va pas ?

— Léo me demande d'occuper le temps libre d'une de ses amies en tournée à Bordeaux.

— Génial ! Mais qui est Léo ?

Réjoui par la réponse, Paul propose ses services pour divertir la dame, mais Jeannette temporise. Paul insiste.

— Quand arrive-t-elle ?

— Elle se produit au Grand Théâtre depuis hier.

— Et si on assistait à la représentation de ce soir ? suggère-t-il avec enthousiasme.

Elle bafouille une excuse, puis dépose la boîte rouillée sur la table.

— Qu'est-ce que c'est ?

— Tu le vois bien. La question est : à qui appartient-elle ?

Paul arque les sourcils. Jeannette jette un coup d'œil circulaire et lui fait part du marché qu'elle a conclu avec le bagnard. Elle explique comment elle s'est emparée du gilet : elle s'est plainte au gardien-chef que Lavoir l'accusait d'avoir mal recensé le contenu de la valise de Rigal. Une vérification s'imposait avant la mise sous presse de l'article. Elle a fait l'inventaire du bagage avec lenteur dans l'espoir qu'une distraction éloigne le surveillant de son poste. C'est le balayeur qui l'a sauvée, il avait remarqué quelque chose de louche dans la cour de la prison. La doublure d'un gilet contenait le coupon qui lui a permis de retirer ce coffret à la gare. Elle omet de préciser qu'il y avait deux autres tickets de villes entre Bordeaux et Genève.

— Pourquoi t'obstines-tu JR ? C'est trop tard, tu le sais. L'article est sorti. Point. Vergnes n'acceptera pas un complément sur les retrouvailles d'un bagnard et de sa mère. Tu perds ton temps. Passe à autre chose.

— Un complément ! reprend-elle en haussant le ton. C'est comme ça que tu vois mon travail. Pourquoi pas un divertissement, ou mieux un accessoire ?

— Tu déformes mes propos, répond Paul, consterné.

— Non, c'est la réalité. Tu ne me considères pas comme une journaliste, mais comme une femme qui doit suer derrière ses fourneaux. Remarque, cela ne m'étonne pas de toi... Petit reporter au champ limité des performances sportives de seconde zone !

Paul renverse sa chaise en se levant.

Jeannette pose une main sur son front. Elle cherche à se ressaisir. Elle s'accroche à ce portrait comme à une bouée de sauvetage dans le cas où elle échouerait dans l'interview d'Odette Dubreuil.

— Mademoiselle Routier, rejoignez-moi dans mon bureau, ordonne Vergnes.

— Voilà deux semaines que vous travaillez chez nous et je m'inquiète, dit Vergnes en introduction. Vous êtes une jeune femme courageuse, personne n'en doute. Mais je me demande si vous avez compris la vocation de notre journal. Comment voyez-vous la fonction de *La Belle Garonne* ?

JR réfléchit à toute vitesse, agacée de revivre un entretien d'embauche.

— Votre quotidien informe la population de la façon la plus juste et la plus objective possibles.

La réponse arrache une grimace de singe à Vergnes, visiblement elle a tapé à côté de la plaque.

— La section judiciaire porte notre voix. Notre réputation n'est plus à faire. Les lecteurs cherchent dans nos pages ce qu'ils y ont toujours trouvé. Depuis quinze ans,

Antonin traite les brebis galeuses avec les égards qu'ils méritent et le public s'en réjouit. Comprenez-vous, mademoiselle Routier ? Nous ne prenons pas le parti de ceux qui troublent l'ordre…

Elle acquiesce en baissant la tête.

— Alors, quand on me rapporte votre volonté de faire une photo de famille d'un bagnard en cavale, je m'inquiète. En vous accordant cinq lignes pour retracer une jeunesse misérable dont tout le monde connaît l'issue, Antonin vous offrait une chance d'exprimer votre talent de narratrice dont vous nous privez depuis votre arrivée.

Il se penche vers elle et lui envoie des mots au goût amer :

— Parce que nous sommes bien d'accord, vous avez cosigné l'article sur la double exécution sans y avoir écrit un mot ou ajouté une virgule.

Elle acquiesce de nouveau.

— Quinze longs jours improductifs. Il me semble que lors de notre premier entretien vous avez prétendu être de suite opérationnelle. Ai-je mal compris ?

— Le portrait d'Odette Dubreuil prend plus de temps que prévu… J'ai besoin d'un délai. Elle est souffrante.

— Je n'ai pas pour habitude de payer mes journalistes à se croiser les bras.

Il se frotte les mains avant de poursuivre.

— Comme vous commencez dans le métier, et que la double exécution vous a ébranlée, je vous accorde une chance de vous ressaisir. Vous désirez toujours faire des portraits, n'est-ce pas ?

— Oui !

— Parfait, vous allez faire celui du successeur de Bernard Davon. Mais l'article doit être à son avantage.

Vous soulignerez les différences avec son prédécesseur de façon subtile, mais assez appuyée pour que le lecteur sache que nous avons tout à gagner avec ce nouveau magistrat. Vous voyez ce que je veux dire ?

Elle comprend trop bien ce que sous-entend son patron parce qu'elle a fait des portraits énigmatiques sa spécialité à l'université.

— Dans deux jours, j'exige de trouver votre papier sur mon bureau. Ne me décevez pas une nouvelle fois.

11

— Tu vas vraiment au théâtre dans cette tenue ? demande Roger, choqué.

Elle lui prend le bras en souriant. Elle se sent différente, une autre version d'elle en pantalon.

— Pourquoi, ça te met mal à l'aise de sortir avec un homme ?

Jeannette a revêtu un costume qu'elle n'a pas eu le temps de restituer à l'université de Genève avant son départ.

— C'est interdit !

Elle est fière de son audace et plonge son regard noir dans le sien, limpide.

— Il faut prendre des risques dans la vie. En cas de problème, je dirai que tu es ma bicyclette ou mon cheval ! Que préfères-tu ?

Il rit.

Ils marchent d'un pas léger vers le grand théâtre situé tout près de l'hôtel des Quatre-Sœurs.

— Tu crois qu'on va s'amuser ? demande-t-elle, en connaissant déjà la réponse.

— Rien qu'au titre, *La Cocotte des wagons-lits*, on sait à quoi s'attendre. Mais parle-moi de cette femme que tu es censée chaperonner.

— Elle est en tournée avec sa troupe et si tu veux mon avis, elle n'a pas besoin de moi pour se divertir. On la salue sans s'attarder après la représentation.

— Pourquoi ton ancien professeur s'en inquiète tant ?

— Je suppose qu'elle est sa fiancée du moment et qu'il profite de ma présence ici pour l'espionner.

— Tu n'exagères pas un peu ?

Elle se serre contre lui et murmure qu'elle est heureuse de voir qu'il se sent mieux.

— C'est grâce à toi, assure-t-il avant de se rembrunir. Mais je dois mettre la main sur les lettres du corbeau. Ce n'est pas normal qu'on ne les ait pas retrouvées.

— Quelqu'un les a peut-être volées.

Roger s'arrête de marcher et la regarde.

— Tu ne penses donc pas qu'elles sont le fruit de mon imagination.

— Non. Je te crois, répond-elle en baissant les yeux.

Les lettres qu'elle a découvertes dans les effets de Davon sont un imbroglio de mots découpés dans les gros titres des journaux. Une maigre indication a retenu son attention : « La guerre n'a pas effacé ton crime de justice. » Même si cela ne voulait pas dire grand-chose, elle a compris que les faits reprochés à l'avocat général avaient eu lieu avant 1914.

— Qu'est-ce qui se passe Jeannette, tu as l'air bizarre ?

Elle secoue ses cheveux. Démonter brique par brique l'image de parfait magistrat de Davon est son seul espoir de trouver un moyen de sauver Odette. Mais elle en redoute les conséquences.

— Il faut que je te dise quelque chose.

Roger penche la tête sur le côté.

— Je suis revenue à Bordeaux à cause d'un drame.

Roger presse son bras contre elle.

— À Genève, je réalisais des sortes de portraits chinois dans le journal des étudiants. Les lecteurs devaient découvrir de qui il s'agissait. Au début, personne ne s'y intéressait, je recevais très peu de propositions de noms. Et puis au moment où j'allais arrêter, l'interview d'un professeur très populaire a été le déclencheur.

— Tu aurais dû commencer par lui.

Elle lui sourit.

— Par la suite, tout s'est accéléré. Tirage en forte hausse. Euphorie du groupe qui n'avait jamais espéré une telle popularité de sa feuille universitaire.

— Comment s'appelait ce petit journal ?

— Tu vas te moquer, gémit-elle en enfouissant son visage contre l'épaule de son compagnon.

Puis elle continue sans savoir jusqu'où elle ira.

— *Les Elfes helvètes.*

Roger lève un sourcil amusé.

— Bref, quand j'ai sollicité un professeur d'histoire bardé de diplômes et de titres honorifiques, celui-ci m'a répondu qu'il tirait sa philosophie de vie d'un traité scientifique de l'Inde ancienne. Et pour en saisir la profondeur, il fallait s'y pencher sérieusement alors il m'a invitée chez lui pour me faire découvrir l'essence même de cette philosophie.

— Intéressant.

— Une multitude d'objets et de tissus indiens décoraient son logement. Livre en main, il m'a exposé la conception selon laquelle la sexualité ne relève pas de la morale, mais de la physiologie et de la religion. Au chapitre des soixante-quatre positions, il m'a dit qu'il les avait toutes pratiquées et qu'il aimerait essayer sa préférée avec moi.

Roger grimace et ralentit le pas.

— Ma première réaction a été de l'insulter et de partir, mais j'ai eu une idée. Risquée…

— Raconte ! Je ne tiens plus !

— J'ai demandé des explications détaillées sur certaines postures. À la cinquième, il était très excité et ses mains cherchaient mon corps. J'ai prétexté un besoin pressant et j'ai fui.

— Quelle ordure ! En même temps, Jeannette, tu as tenté le diable…

— Je sais… En tout cas, j'ai dressé son portrait comme ceci : si vous étiez un outil de jardinage ? Je serais la brouette thaïlandaise.

— Ça alors !

— Si vous étiez un arbre fruitier ? Je serais un poirier.

— Incroyable !

— Si vous étiez un animal ? Je serais un panda pour son étreinte.

— Bien envoyé, mais comment l'a-t-il pris ?

Elle fixe un point imaginaire droit devant elle et répond :

— Mort deux jours plus tard… Une enquête devait déterminer la cause du décès, mais rien de clair n'a été établi. Il s'est avéré qu'il était opiomane et la police a conclu à un suicide. Léo Obi a tout fait pour m'éviter l'exclusion, en vain. Je n'ai pas été mise franchement hors de cause, le doute planait sur le portrait qui avait affecté profondément la réputation de cet illustre professeur. L'affaire a fait les gros titres. Mon nom était désormais associé à une sale histoire et aucun journal suisse ne m'aurait engagée. Je devais me faire oublier. Alors, Léo m'a recommandée auprès de Vergnes. Voilà, tu connais la raison qui me pousse à lui rendre ce service.

Les yeux de Roger s'étirent. Jeannette lui adresse ce qu'elle croit être son plus beau sourire afin de détourner son attention. Mais en devinant un voile de doute dans son regard, elle regrette cette confidence. Elle lui lâche le bras devant le grand théâtre.

— Sais-tu que l'année prochaine, ce magnifique monument fêtera ses cent cinquante ans ? demande Roger en retirant les deux tickets de seconde loge offerts par le directeur des lieux, un inconditionnel des chroniques artistiques de *La Belle Garonne.*

Jeannette achète un programme. Elle se sent libérée d'un poids, mais son dilemme s'intensifie.

L'intérieur bleu, blanc et or du théâtre force l'admiration, et l'escalier d'honneur, le respect. Une fois les spectateurs installés, les trois coups réglementaires retentissent et le rideau se lève sur deux femmes assises sur une banquette de train. La plus jeune s'inquiète de la première rencontre entre son frère et son mari. Ses grands yeux expressifs bougent sans arrêt. Sa voix mélodieuse et distincte s'élève dans la salle en fer à cheval. Roger arrache le programme des mains de Jeannette et essaie de déchiffrer le contenu dans la semi-obscurité.

— Que cherches-tu ? murmure-t-elle, agacée par les gesticulations de Roger.

— Son nom.

— C'est Clotilde, l'amie de Léo.

Les éclats de rire de Jeannette se mêlent à ceux du public. Quand le rideau tombe à la fin du vaudeville, Roger glisse à l'oreille de Jeannette qu'il l'attendra au bar du Grand Hôtel.

Après un long moment, la comédienne sort de sa loge. Clotilde s'avance vers Jeannette, les bras tendus.

— Jeannette ? Quelle joie de faire enfin votre connaissance ! Léo m'a tellement parlé de vous ! Allons boire un verre.

Elle lui emboîte le pas sous le regard déconcerté des autres artistes. Quand elle traverse la place de la Comédie, la robe légère de Clotilde flotte sur son corps comme un étendard. Majestueuse. Voilà le terme approprié, pense Jeannette, Clotilde est majestueuse. Elles dégustent un martini debout, la terrasse et l'intérieur du Grand Hôtel de Bordeaux sont bondés en cette soirée de fin de spectacles. Tous les yeux sont braqués sur les deux femmes aux allures contrastées. Les gestes de Clotilde composent un ballet et sa voix chaude envoûte, tandis que Jeannette fume, les mains dans les poches. Elles évoquent Genève.

— Léo a véritablement lancé ma carrière, reconnaît Clotilde. Sans lui…

— Tu aurais réussi, l'interrompt Jeannette. Tu es très talentueuse, il t'a simplement donné une chance.

— Il est vrai que la vie n'est faite que de rencontres. N'est-ce pas ? Trinquons !

— Mais où est passé Roger ? Il devait nous attendre ici, dit Jeannette en embrassant la terrasse du regard.

— C'est ton fiancé ?

— Non ! se défend Jeannette, puis elle détourne la conversation en demandant si Clotilde connaît la région.

— Oui et non. Avant la guerre, j'ai séjourné dans un petit village du bassin d'Arcachon dont j'ai oublié le nom, répond la comédienne, songeuse. Mais parle-moi de ton métier de journaliste qui a l'air si excitant. Léo m'a dit que tu côtoyais de dangereux criminels.

— Je me contente de leur poser des questions.

Jeannette a pris le verre de Clotilde et se dirige vers le bar pour une deuxième tournée. Lorsqu'elle revient, l'artiste est entourée de sa troupe et de Roger.

Jeannette renoue avec l'insouciance de ses vingt ans entre Martini, cigarettes, et blagues potaches. Elle est subjuguée par l'attitude de Roger qui en fait trop, beaucoup trop. Il est comme un poisson dans l'eau. À 2 heures du matin, les artistes les regardent partir d'un air entendu.

Roger franchit la porte de l'immeuble avec Jeannette. Elle pose un doigt sur ses lèvres, puis ils montent l'escalier. Devant sa porte, elle s'agrippe à son cou et murmure une phrase qui la fait rougir.

12

Jeannette se libère de l'étreinte de Roger et le chasse, de crainte qu'il croise le fleuriste dans l'escalier à l'ouverture de sa boutique.

Un peu plus tard, elle se rend au tribunal. Depuis son réveil, un ironique animal joue du tambourin dans sa tête. Elle presse le pas devant la cathédrale. Elle s'est mise dans une situation des plus délicates. Roger est en droit de réclamer la tête de la meurtrière de son père alors qu'elle cherche à la sauver. Mais, le souvenir des caresses et de leurs corps emmêlés efface ses tracas. À travers le regard perdu de Roger, elle a perçu une fragilité qui les rapproche.

La limpidité du ciel invite les passants à flâner et profiter d'un matin d'été ; une silhouette noire y décrit des cercles en battant lentement des ailes. Elle plane et grossit au fur et à mesure de sa descente. Un croassement retentit à intervalles réguliers. Les ailes largement déployées aux reflets bleutés s'inclinent avec précision pour diriger le vol. L'oiseau poursuit sa descente et se pose à quelques pas de la jeune reporter. Campé sur de robustes pattes, de ses minuscules yeux, il évalue les alentours. Il accompagne Jeannette sur les marches du palais de justice par petits sauts.

Le nouvel avocat général Bordier a accepté de la recevoir sans aucune réticence, la notoriété du journal républicain ouvre presque toutes les portes. En gravissant l'escalier, elle pense à Bernard Davon qui en foulait les marches chaque jour avec ferveur ou lassitude. On l'introduit sans délai dans le cabinet du magistrat. Il l'accueille avec déférence. Quand il lui avance un siège recouvert de velours marron usé par les visiteurs, il la reconnaît. Afin d'éviter des questions embarrassantes sur les lettres, elle l'aiguille aussitôt sur son métier. Bordier, vêtu d'un costume à l'élégance parfaite, se lance dans un exposé mesuré sur le tribunal de Libourne supprimé depuis deux ans pour des raisons économiques, il se réjouit de sa prochaine réouverture bien qu'il n'ait pas encore une vue exhaustive des besoins du département pour porter un vrai jugement. Cependant sa bonne humeur s'évapore quand Jeannette oriente la conversation sur le meurtre de son prédécesseur.

— Certains hommes sont les jouets du vice, de la passion, d'éminences grises ou de femmes. Des gens faibles, esclaves de leurs pensées obsessionnelles. Je ne fais pas partie de cette catégorie, mademoiselle, vous pourrez l'écrire dans votre journal.

Bordier se penche en avant afin de s'assurer que sa visiteuse retranscrit ses propos, puis il poursuit :

— Penser que la destruction d'un être humain entraîne inévitablement la ruine d'une doctrine, anarchiste ou autre, relève du fanatisme qui n'est autre que l'expression sanglante de la tyrannie. La tyrannie opprime. Le fanatisme tue. Notez cela, mademoiselle…

— Vous sous-entendez que vous êtes en faveur de l'abolition de la peine de mort ?

— Je n'ai pas dit cela, réplique Bordier avec véhémence, même si je regrette que les tentatives d'avant-guerre aient échoué… Cependant, j'ai la conviction profonde que celui qui porte les premiers coups se sent le moins fort. Il frappe parce qu'il n'a plus d'arguments à faire valoir. Réfléchissez à cette phrase, jeune fille.

— Si j'applique votre pensée au cas d'Odette Dubreuil, cela voudrait dire qu'elle a tué Bernard Davon parce qu'elle n'avait aucun autre recours.

Bordier se gratte le coin du sourcil.

— Il faudrait qu'elle parle pour en avoir la certitude. Lorsque certains écrivent que les « discussions sont vaines avec les criminels », je répondrai que leur utilité réside en ce qu'elles répriment ou contiennent. Je parle de la brutalité. Les discussions apaisent les esprits. Mais je ne sais pas si vos supérieurs accepteront que vous rapportiez mes propos sans quelques arrangements…

— Je vous garantis qu'ils ne seront pas dénaturés. J'y veillerai, assure Jeannette sans y croire.

— Parfait ! Permettez-moi d'ajouter que ceux qui se laissent aller à un quelconque fanatisme ne sont que des instruments. On les caractérise en disant que leur système nerveux ne résiste pas aux pulsions alors que leurs violences ne sont que le point ultime de leur faiblesse.

— Pensez-vous qu'Odette Dubreuil sera exécutée parce que sa victime était un magistrat ?

— N'allons pas trop vite, mademoiselle. Le procès n'a pas eu lieu et toute spéculation serait malvenue. Si le verdict se prononce en faveur d'une condamnation à mort, rien ne dit que la sentence sera exécutée. La dernière femme livrée au supplice a été prise d'hystérie, on a dû la traîner par les cheveux jusqu'à l'échafaud et la maintenir pour l'empêcher de bouger. C'était au siècle dernier et il se dit qu'à partir de ce jour le bourreau a refusé d'utiliser sa guillotine contre les femmes. Et son fils, qui a pris sa succession depuis une trentaine d'années, n'en a pas fait l'expérience. Pourquoi la femme Dubreuil serait-elle exécutée ?

Elle voudrait évoquer avec Bordier que depuis l'hiver dernier Lavoir met en place sa vengeance – il hisserait ainsi Bordeaux au rang de ville la plus intraitable de France – mais il se lève.

— Pensez à ce que je viens de vous dire, rappelle-t-il en la raccompagnant à la porte. La violence est le point ultime de la faiblesse humaine.

Revenue place Saint-Projet, Jeannette s'assied sur le banc vide. Où peut bien se trouver Céleste Rigal ? Dans son dos, la croix de l'ancien cimetière ornée de quatre statuettes aux pieds scellés à des pilastres hexagones. L'ombre du platane apporte une fraîcheur bienfaitrice. À droite, la parfumerie Erizma étend sa vitrine imposante, à gauche et contre la pharmacie à la devanture de bois, une charrette en stationnement dissimule en partie la fontaine. À l'opposé, dans le prolongement de la rue Sainte-Catherine, la carriole de la marchande de marrons retrouvera sa place l'hiver prochain.

Jeannette ne renoncera pas au portrait de Céleste Rigal avec lequel Lavoir cherchait à l'éloigner d'Odette Dubreuil, il est trop tard. Elle s'est lancée dans une tentative de contrecarrer les injonctions du chroniqueur judiciaire avec obstination.

Les coups de marteau de deux ouvriers en train de dresser une construction légère ont tiré Jeannette de ses réflexions. Elle les questionne. Ils bâtissent un kiosque à journaux.

— Pour Céleste Rigal ?

En réponse, un grincement de scie œuvre sur une poutre en bois. La parfumerie de la place lui remémore la remarque de l'employé des archives du journal. Elle veut sentir bon si Roger l'invite dans sa chambre ce soir. Même s'ils se sont quittés sans se faire de promesses, elle y croit. Pourtant, elle redoute que l'aventure tourne mal.

Dès qu'elle ouvre la porte du magasin, son cœur succombe à l'appel d'une multitude d'effluves. Une vendeuse propose son aide dans le choix d'une savonnette. Jeannette découvre que le petit rectangle qu'elle achètera véhiculera un message. La violette symbolise la modestie, la pudeur, la timidité aussi. Le lys, les rayons du soleil, l'amour pur et la fertilité. Ou encore le muguet qui annonce le retour du bonheur dans les cœurs romantiques. Roger sera incapable de décrypter le message, mais Jeannette se prête au jeu et emplit ses poumons d'odeurs magiques. Elle soupire et la phrase de Paul résonne dans sa tête. Elle repousse cette pensée. La vendeuse évoque maintenant la rose, symbole de la beauté et de l'amour… Elle se penche sur la savonnette et baisse les paupières en inspirant profondément. Elle acquiesce.

— La marchande de journaux sera mieux dans un kiosque que sous un soleil de plomb, observe Jeannette en sortant son porte-monnaie.

La vendeuse la regarde d'un air triste. Céleste est morte hier. Le tintement des pièces sur le sol détourne l'attention des clientes de leurs achats.

— Morte…

On fait asseoir Jeannette. On l'entoure. On compatit. On lui offre la savonnette en guise de maigre consolation. Puis elle court en direction de l'hôpital Saint-André, ce qui ne sert à rien, mais l'effort physique lui permet d'évacuer l'émotion qui la submerge. Tout se mélange, Odette, Céleste, sa mère.

Ses pas frappent sur le carrelage du préau qui mène à la morgue. Devant la dépouille, elle comprend que l'article sur les retrouvailles ne verra pas le jour. Cependant, la mort de Céleste la libère du marché, une boîte contre une photo. Elle n'est donc pas obligée de retourner voir Rigal même s'il est en droit de faire son deuil. Pourtant la curiosité la renverra à la prison chercher des réponses à ses questions. Pourquoi le bagnard a-t-il cousu trois tickets de consigne dans la doublure d'un gilet ? Et en quoi ce vieux coffret est-il si important pour lui ?

13

Jeannette agrippe la bandoulière du sac qui bat sur sa hanche maigre. À l'intérieur, une lettre anonyme côtoie une brosse à cheveux, un miroir à manche, un porte-monnaie, un calepin, un crayon, un mouchoir à dentelle, un paquet de cigarettes et des allumettes qui la suivent partout. Elle croit savoir qui est le corbeau qui menaçait Davon.

Une silhouette évanescente se matérialise dans la lumière à l'ouverture de la porte du parloir. Une femme au teint pâle et aux joues creuses à peine reconnaissable s'assied. A-t-elle compris que son sort tient désormais à un fil ? À la surprise de Jeannette, elle entame la discussion.

— Pourquoi revenez-vous ?

Jeannette retrouve l'abandon de sa mère dans les yeux d'Odette. Elle lutte un instant avec l'émotion, puis répète les mots du magistrat Bordier :

— Celui qui porte les premiers coups n'a plus d'arguments à faire valoir. Tuer Davon a été votre ultime façon d'exprimer votre désespoir.

L'instinct de journaliste de Jeannette entend le mur du silence se fissurer. Odette semble hésiter puis déclare d'une voix mal assurée :

— J'étais la maîtresse du patron du bar Le Crystal où j'étais entraîneuse.

Jeannette l'encourage d'un signe de tête.

— Un soir de l'automne dernier, un homme s'est présenté en tenue d'aviateur. Il avait de bonnes manières et paraissait riche. J'ai proposé de lui trouver une gentille fille pour la nuit s'il me payait un coup à boire. Mais c'est moi qui l'intéressais. Il m'avait cherchée à Arès, puis chez mon beau-frère sur les quais.

— Vous êtes d'Arès ?

— Oui. J'étais lingère à l'aérium et mon mari, jardinier.

Jeannette se remémore le panneau au bord de la route qui mène au sanatorium.

— Que voulait cet aviateur ?

— C'est un ancien pensionnaire de l'établissement. Il a connu mon fils Émile. Ils avaient le même âge. Je lui ai dit de partir, je ne supportais pas de remuer le passé, la mort d'Émile a été si douloureuse. Mais il a insisté pour que je l'écoute.

Des gouttes s'écrasent sans bruit sur la planche devant Odette. Jeannette tend son mouchoir à travers la grille. Mais au lieu d'essuyer son visage, la prisonnière efface les traces de son désespoir sur le bois. Jeannette sort son calepin et prend des notes d'une écriture hachée.

— De passage à Bordeaux, cet aviateur avait lu dans le journal un article qui annonçait que Davon serait bientôt le président de quelque chose, ce qui l'a mis dans une rage noire parce qu'il jugeait que ce n'était pas mérité. Il m'a convaincue que nous pouvions faire tomber Davon grâce aux preuves qu'il détenait sur la mort de mon fils.

— De quel genre ?

Odette secoue la tête.

— Il devait me les porter, mais je ne l'ai jamais revu.

— Racontez-moi les circonstances de la mort d'Émile. Je comprends combien c'est difficile pour vous, mais il le faut pour que je vous vienne en aide. Comme je vous l'ai déjà dit, un journaliste et ami de Davon veut vous conduire à l'échafaud.

Odette prend une profonde respiration.

— Mon fils s'est noyé près de l'aérium en 14. Et quand on a retrouvé son corps, mon mari a remarqué une plaie à la tempe. Ça l'a rendu fou de rage. Le docteur a tenté de le calmer, la blessure pouvait avoir été faite de plusieurs façons. Il a promis de faire une autopsie, mais il fallait lui laisser du temps.

Odette semble se perdre dans ses pensées. Jeannette ronge son frein.

— Comme l'aérium allait fermer à cause de la guerre, mon mari a interrogé sans ménagement les pensionnaires avant leur départ.

Jeannette essaie de se représenter l'agitation de l'établissement pendant l'évacuation.

— Où est-il aujourd'hui ?

— Mort pour la patrie… C'était quelqu'un de bien… Le futur aviateur a surpris une violente dispute entre mon mari et Davon qui venait chercher des enfants. Davon le menaçait de l'envoyer en prison s'il persistait dans ses accusations parce que personne ne mettrait en doute la parole d'un homme de loi.

— Quel est le nom de cet aviateur ?

Haussement d'épaules d'Odette.

— Le reconnaîtriez-vous ?

— Il a gardé son casque et ses lunettes.

Odette plonge son regard dans celui de Jeannette.

— Mon Émile aurait pu devenir pilote lui aussi, n'est-ce pas ?

Oui, Émile aurait pu avoir une belle vie et Odette ne serait pas derrière les barreaux. Elle n'aurait pas non plus échoué dans un bar louche.

Jeannette déplie la lettre anonyme et la montre à Odette.

— Comme l'aviateur vous a laissée tomber, vous avez adressé des menaces à Davon.

Les yeux ronds de la détenue bougent de gauche à droite.

— Jamais vu ce papier, mais j'ai demandé une audience à Davon.

Perplexe, Jeannette observe le message du corbeau en fronçant les sourcils. Odette tord le petit mouchoir entre ses mains noueuses.

— Je voulais des explications sur ce qui s'était passé. Il a répondu qu'il y avait prescription depuis toutes ces années et qu'on n'a jamais condamné personne pour s'être débarrassé d'un chien enragé. Puis il m'a ordonné de partir.

Jeannette se remémore le siège réservé aux visiteurs dans le bureau de l'avocat général.

— Depuis ce jour, j'ai assisté aux réquisitoires de Davon. Je m'habillais de façon reconnaissable. Je voulais qu'il se sente menacé. Je ne pouvais rien faire de plus. Cette histoire ne plaisait pas du tout à Raymond ; il se plaignait déjà des descentes trop fréquentes de la police dans son bar et refusait des ennuis supplémentaires. Quand il m'a jetée dehors, j'ai décidé de m'en prendre à Davon.

Cela confirme les dires d'une prostituée, Odette s'était réfugiée auprès des filles de la rue.

Elle imagine Davon tourner autour de la chaise tel un charognard. La personnalité de l'homme au regard d'aigle commence à se dessiner avec plus de précision.

— C'est un regrettable hasard si je l'ai poignardé le jour du procès de Truchaud.

— Mais Davon n'est pas le responsable de la mort de votre fils.

— Je sais... Mais il était le seul à ma portée. Je l'ai frappé de onze coups de couteau, un par année vécue par mon petit Émile.

14

— Roger est de retour ! Il est avec le patron, crie Paul.

JR a retenu Lavoir au service télégraphique le temps que Roger rejoigne le bureau de Vergnes, le seul qui puisse intercéder en sa faveur. Elle joue la surprise :

— Antonin est-il au courant ?

— Tu l'appelles Antonin, maintenant ! Il te fait passer le grand frisson avec ses histoires sordides, l'accuse Paul, manifestement pas remis de leur dispute au sujet de l'obstination de JR.

Vlan ! Elle considère d'abord sa main brûlante puis la joue de Paul quand un tremblement de porte ponctue l'arrivée de Lavoir.

— Où est-il, nom d'un chien ? hurle-t-il en traversant la salle avant de disparaître dans le couloir.

Des éclats de voix parviennent jusqu'à la rédaction. JR regarde Paul avec tristesse.

— Excuse-moi.

— Je n'aurais pas dû dire ça…

Dès que Lavoir et Roger sortent du bureau de Vergnes, JR s'y hâte avec un papier. Un bras autour des épaules de Roger, Lavoir sourit en passant devant elle.

— Est-ce que ça va, Roger ?

— C'était un malentendu, répond Lavoir. Tout est arrangé.

Après avoir parcouru le document, le patron lève un œil perplexe sur sa jeune reporter.

— Est-ce vous qui avez écrit ça ?

Indécise sur son interprétation de la question, elle se tait.

— Enfin une bonne nouvelle aujourd'hui ! Je dois dire que je ne m'attendais pas à tant de subtilité de votre part. On comprend combien Bordier est différent de son prédécesseur non nommé. « La destruction d'un être humain entraîne inévitablement la ruine d'une doctrine. Le fanatisme est l'expression sanglante de la tyrannie. La tyrannie opprime. Le fanatisme tue. » Ça, c'est envoyé. On reconnaît immédiatement Davon en illuminé de la guillotine. Je vois que vous vous êtes ressaisie, félicitations, mon petit.

Un surnom enfantin qui indique une ascension dans l'échelle de l'estime du patron.

— Je m'occupe personnellement de la mise sous presse, précise Vergnes.

Puis JR rapporte le résultat de l'interview d'Odette Dubreuil, espérant impressionner tout autant, mais l'expression impénétrable que lui renvoie son patron indique qu'il n'en est rien.

— Cette histoire me paraît des plus rocambolesques. Inutile de vous lancer à la poursuite de ce mystérieux aviateur. Votre mission s'arrête là. Adressez vos notes aux avocats de la femme Dubreuil et qu'ils en fassent bon usage. Quant à nous, nous jetterons de l'huile sur le feu juste avant l'ouverture du procès, nos lecteurs vont vous adorer ! Et la bavarde aura peut-être une chance de sauver sa tête.

Il rit de son bon mot.

Elle retourne, satisfaite, dans la salle de rédaction, mais son enthousiasme retombe en entendant Lavoir déclamer :

— Messieurs, en ce début d'année trois grandes meurtrières ont bénéficié de la faiblesse du gouvernement. La première aurait agi sous la domination de son amant. Graciée ! Une expertise mentale tardive vole au secours de la deuxième. Graciée ! La troisième a froidement annoncé à la cour que sa tête ne roulerait pas dans le panier. Graciée ! Le sort de la quatrième est-il joué d'avance ? Je prends les paris !

Les regards se tournent vers JR qui traverse la salle.

D'une main tremblante, elle déplie un papier déposé sous son crayon. « Dîner avec Clotilde. Fais-toi belle. » Elle retire une cigarette de son paquet et sort. Paul la rejoint aussitôt.

— Pourquoi ne fumes-tu pas à l'intérieur comme tout le monde ? On peut croire que tu tires au flanc.

Elle sourit. Une légère bise souffle, le soleil achève sa course dans le ciel.

— Si on allait au théâtre ce soir assister à la représentation dont tu m'as parlé ? Pour faire la paix, propose-t-il d'une voix faussement enjouée.

— C'est relâche et j'y suis déjà allée.

— Seule ?

Elle écrase le mégot et tourne les talons. Dans l'escalier, Lavoir l'apostrophe.

— L'autopsie des deux suppliciés est pour demain, tu viens avec moi.

— Pas question ! s'offusque-t-elle.

— C'est un ordre.

— Je suis sur un autre sujet.

— Et depuis quand décides-tu des affaires à traiter ?

— J'ai le soutien du patron ! Alors, retire-toi de mon passage.

— Personne n'a utilisé ce ton avec moi ! Tu le paieras !

— En me faisant enfermer dans un asile ?

— Tu n'es qu'une arrogante et tu le paieras.

— Tu l'as déjà dit.

Revenue à sa chaise, JR pince les lèvres quand Roger s'assied en face d'elle. Paul, rentré entre-temps, les surveille d'un œil sombre.

— C'est d'accord pour ce soir ?

Elle lève un regard triste sur lui.

— Tu ne peux pas te laisser faire ainsi par Antonin. Tu dois réagir.

— On en parlera plus tard… Alors pour ce soir ?

— Retourne à ta place.

Comme Roger ne bouge pas, Paul s'interpose et le somme de la laisser.

— Ne te mêle pas de ça, intervient JR, ulcérée.

Le regard indécis de Roger navigue entre ses deux collègues.

— JR, dans mon bureau ! crie le patron depuis le couloir.

Lavoir occupe la seule chaise disponible. Debout, les bras croisés, elle observe un pigeon blotti contre la fenêtre. Il semble malade, les paupières baissées, à la merci des chats.

— Antonin me dit que vous n'en faites qu'à votre tête. Que se passe-t-il ?

Elle comprend tout de suite à quoi fait allusion Vergnes.

— Je n'ai pas envie de voir ces hommes découpés en morceaux, leur supplice m'a suffi.

— Elle en a fini avec la femme Dubreuil. Le mobile est établi, glisse Vergnes à l'adresse de Lavoir.

Il n'en est rien, mais cette interprétation la ravit. Lavoir se redresse, l'air mauvais.

— Cette opération peut nous éclairer sur leur nature, remarque le patron, en revenant au sujet qui le préoccupe.

— Je ne vois pas de quelle manière.

— Le poids de leur tête, par exemple, peut s'avérer révélateur, n'est-ce pas Antonin ?

— Pas exactement. C'est plutôt leur cerveau qui nous intéresse. On compare les viscères des scélérats avec ceux des honnêtes gens.

— Rapporter les grammages suffirait à étayer l'article sans nécessiter un déplacement, dit-elle.

Elle se mord la lèvre. Elle a l'impression de discuter recettes de cuisine.

— Cette remarque me paraît pertinente. Qu'en penses-tu, Antonin ?

— Je me suis engagé auprès du légiste qui a convoqué ses étudiants pour l'occasion.

— Soit, tu iras seul.

À la sortie, Lavoir bloque JR dans un recoin et lui ordonne de parler.

— J'ai décidé avec le patron que les propos d'Odette resteront secrets jusqu'à la veille du procès.

— Rien ni personne ne l'empêchera de monter à l'échafaud !

Cette journée pèse sur les épaules de la jeune journaliste. Le miroir sur pied de sa chambre renvoie un étrange éclat mat dans son regard, une noirceur qui s'incruste peu à peu en elle. Un sinistre rire sort de sa gorge, qui la ramène à la question : qui est le corbeau qui menaçait Davon ? Si ce n'est Odette Dubreuil, qui est-ce ? Et qui est ce mystérieux aviateur ? Tous deux ne sont peut-être qu'un.

Son nez balaie son bras nu. Le parfum de rose est parfait.

— Faut que tu arrêtes de fumer, si tu veux garder un homme.

Elle grimace, pas décidée à se lancer dans une relation sérieuse, pourtant que ne ferait-elle pas pour les beaux yeux bleus de Roger ? Un coup sec sur la porte la sort de ses rêveries.

— Monsieur Fleurichon ?

— Une lettre pour vous, grommelle le fleuriste.

Elle reconnaît l'écriture sur l'enveloppe, petite, serrée, qui cherche à économiser l'espace.

— J'espère dormir cette nuit, prévient le propriétaire.

Le visage de Jeannette s'enflamme jusqu'à la racine de sa chevelure bien coiffée.

— Moi aussi. Il fait si chaud en ce moment.

Fleurichon se dandine d'un pied sur l'autre.

— Je parle des ressorts parce que les intentions du gringalet qui m'a acheté un bouquet de roses tout à l'heure sont claires... Bref... Allez faire vos cochonneries ailleurs !

Elle s'appuie contre la porte refermée. Son cœur tambourine dans la poitrine. Roger a acheté des fleurs ! Roger va lui offrir des roses ! Ça veut dire que cette première nuit compte pour lui. D'une main fébrile, elle ouvre l'enveloppe. Une minute plus tard, la lettre tombe sur le parquet ciré. Des allers-retours entre le lit et la table. Elle panique. Il ne lui reste qu'à annuler la soirée. Elle sera d'horrible compagnie et n'aura pas la tête à... Bref. Réfléchir et trouver une échappatoire.

Mais elle sursaute quand trois coups similaires à ceux annonçant un lever de rideau retentissent.

— On va être en retard ! On ne fait pas attendre une artiste, la sermonne Roger, derrière un énorme bouquet rouge.

Elle tend les bras.

— Oh, merci. Elles sont magnifiques.

Il penche la tête et répond :

— Elles sont pour Clotilde ! Il faut offrir des fleurs aux artistes. Le métier, ma chère, le métier !

— Bien sûr, le métier, répète Jeannette en fermant sa porte à double tour.

Lorsqu'elle avise Clotilde, elle comprend pourquoi Roger a pris cet air consterné en découvrant sa tenue. La robe de soirée marron glacé et beige de Clotilde produit un effet ravageur. Celle-ci refuse d'abandonner le bouquet dans sa chambre.

— Caprice de diva, soupire-t-il.

En homme du monde, Roger a convié les deux jeunes femmes dans le restaurant le plus chic de Bordeaux, Le Chapon fin. À leur arrivée, on déploie la déférence réservée aux dignitaires. Le directeur présente ses condoléances tandis que Jeannette s'émerveille devant les tables dressées avec argenterie, cristal et porcelaine. Clotilde réclame un vase pour ses roses.

— Anatole France, notre prix Nobel, a dîné à cette table, précise Roger, en les faisant asseoir.

— Comment le sais-tu ?

— Parce que mon père y était.

Les yeux des deux jeunes femmes muettes d'admiration brillent à la lumière des bougies.

Sur une desserte, le bouquet veille sur les trois convives tandis que les mets se succèdent. Le vin de Saint-Émilion remplit les verres de sa robe vermillon. Roger est conquis par la grâce de Clotilde dont la tenue coûte trois mois du maigre salaire de Jeannette qui se sent pauvre et moche. Il évoque les tendances artistiques du moment et prédit un succès international à *La Cocotte des wagons-lits*.

Pendant le service de suprêmes de volaille, Clotilde oriente la discussion sur le travail de Jeannette.

— J'ai lu un passionnant article sur ce bagnard qui a été récemment arrêté ici ! s'exclame-t-elle.

— J'ai assisté aux interviews, dit Jeannette soudain réanimée.

— Raconte, la supplie-t-elle en battant des mains.

Jeannette évoque des détails dont les lecteurs ont été privés : l'obsession de Rigal à rechercher un père qu'il s'était inventé, la mort de sa mère, marchande de journaux.

— Fascinant, n'est-ce pas Roger ?

Roger, perdu dans la contemplation de son verre qu'il fait tourner, ignore la question. Jeannette se penche et murmure :

— Je l'ai rencontré en tête à tête.

Clotilde ouvre grand les yeux et la bouche.

— Il est très énigmatique, assure Jeannette d'un air entendu, mais je ne peux en dire davantage pour l'instant.

— Je t'en supplie, gémit Clotilde. Roger, aide-moi à la persuader !

15

Dans la lettre de la veille, Jeannette a appris par sa tante que son père, de retour en Suisse, souhaitait la rencontrer. Alain Routier réapparaît après deux ans et entend que sa fille accoure à son appel. Que veut-il ?

Elle passe en vitesse au journal et constate avec soulagement que Lavoir est absent, sûrement chez le légiste. Elle rédige un télégramme pour Léo. *Tout va pour le mieux, dans le meilleur des mondes*, pense-t-elle avec amertume. Roger n'a eu d'yeux que pour Clotilde au restaurant et n'a pas daigné la raccompagner.

Jeannette s'apprête à rendre visite à Pascal Rigal pour lui annoncer la mort de sa mère quand Roger la saisit par le bras dans la cour de *La Belle Garonne*.

— Suis-moi !

Sa cigarette tombe. Des étincelles rougeoyantes s'évanouissent dans la rue. Il marche trop vite, l'obligeant à trottiner sous un soleil qui chauffe déjà les pierres. Une voiture actionne son klaxon, gênée par leur présence au milieu de la chaussée.

— Où va-t-on ? gémit-elle, en essayant de ne pas se tordre de nouveau une cheville sur les pavés polis.

Roger accélère sans répondre. Et tout à coup, elle reconnaît le lieu. Rue du Temple. Sans saluer le concierge, il monte l'escalier au pas de charge en entraînant Jeannette. Dans l'appartement, il la pousse dans un fauteuil où elle s'écroule. Puis il l'observe d'un air dur, les mains sur les hanches.

— Je t'écoute !

— Je ne comprends pas... gémit-elle de nouveau.

— Ne te fiche pas de moi, hurle-t-il.

Jeannette se tasse sur le siège.

— Tu n'es qu'une sale menteuse ! Où sont les lettres ?

— Je... Je voulais t'en parler hier soir, mais tu ne m'en as pas laissé le temps, tu es parti si vite...

— Je te faisais confiance, assène-t-il en la pointant du doigt.

Jeannette ferme les yeux pour chasser l'image des joues enflammées et du regard injecté de celui qu'elle a serré dans ses bras.

— Les as-tu lues ?

— Non ! Enfin, si... Mais elles n'ont aucun intérêt. Juste un déversement d'injures.

— Je me fous de ton opinion. Où sont-elles ? s'énerve-t-il de plus belle.

— Je les ai détruites...

— Menteuse !

— Je le jure...

Il tourne dans la pièce comme un fauve dans une cage, le parquet vibre sous ses talons. Puis il la saisit par les épaules et la force à le regarder.

— Tu ne te demandes pas comment j'ai su.

Elle veut juste partir, mais il n'en a pas fini avec elle.

— J'ai lu le « portrait » de mon père que tu as dressé exactement comme celui de ton professeur. Sans le nommer. Tu es une diabolique calculatrice.

Accroupi face à elle, il lui lève le menton afin de l'obliger à le regarder.

— Je sors de chez Bordier. Et sais-tu ce qu'il a dit ?

Elle secoue la tête.

« Je suis heureux que vous ayez récupéré ces lettres parce que si elles tombaient entre des mains mal intentionnées, cela serait fort gênant pour tout le monde. »

Jeannette se dégage de l'emprise de Roger et resserre les bras sur sa poitrine pour contrôler les tremblements de son corps.

— Écoute-moi bien. Je ne me laisserai pas faire !

— Mais je n'ai rien contre toi ! Je cherche à sauver une femme de l'échafaud.

Elle avait repoussé de toutes ses forces la perspective de ce moment inévitable. Les couleurs du visage de Roger laissent place à une affreuse pâleur qui rappelle à Jeannette celle des suppliciés.

— As-tu seulement pensé aux conséquences ?

La vue de Jeannette se brouille sous les secousses de Roger.

— Tu traînes mon nom dans la boue avec cet article. Tu veux qu'on me retrouve mort comme ton professeur ? D'ailleurs était-ce un accident ? Mais non, tu l'as tué !

— Non, hurle-t-elle en se ruant dans le couloir.

En dévalant l'escalier, elle bouscule le concierge et tombe sur le trottoir, se relève dans un bond et court. Court. Court.

Quelques minutes plus tard, elle ressent les brûlures des gravillons incrustés dans les paumes de ses mains. Des gouttelettes rouges perlent sur ses genoux. Elle ne peut se rendre à la prison dans cet état. Alors place du Chapelet, elle pousse la lourde porte de l'église Notre-Dame et aussitôt résonnent dans son corps les orgues célébrant la messe en ut de Mozart. « La voix des anges », avait murmuré sa mère à son oreille d'enfant. Ce jour-là, elle portait une robe blanche en dentelle et un bonnet assorti. Sa main, réfugiée au creux de celle gantée de velours de sa maman, palpitait comme un petit oiseau apeuré face au monde liturgique. Elle s'agenouille en faisant une grimace. Elle voudrait prier, mais sa tête emplie des modulations symphoniques des chœurs s'y refuse. Elle pleure. Pleure. Pleure.

Ce qu'elle a fui à Genève la rattrape ici.

Pourquoi faut-il détruire des vies pour en sauver d'autres ? La lumière filtrée par les vitraux lui apporte un peu d'apaisement. Quand elle se relève, la peau des genoux tire, mais que pèse cette douleur face à celle de Rigal lorsqu'il apprendra la mort de sa mère ?

Devant la prison, le gardien-chef Joseph est en discussion avec le balayeur de la cour.

— Je te dis qu'il était sur l'île au Diable avec un des gros bonnets de la bande à Torres.

— Trop jeune.

— Si en 12 il avait quarante ans, alors c'est tout à fait possible.

— Il en a tout juste trente.

— Je te parle de l'autre. Tiens, on va demander à la petite.

Les deux hommes dévisagent Jeannette, puis leurs regards se fixent sur ses genoux en sang, mais s'abstiennent de commenter, préoccupés par le sujet de leur discorde.

— D'après vous, mam'zelle Jeannette, est-ce que Rigal peut avoir côtoyé un des lieutenants de Torres au bagne – un gars du nom de Lucas ? demande le balayeur.

— Posez-lui la question.

— On ne parle pas aux prisonniers, s'offusque Joseph.

— Je peux le faire...

— On parie alors ! s'exclame le balayeur.

Les deux hommes se tapent dans les mains.

Pascal Rigal ne cille pas à l'annonce de la mort de sa mère. Mais Jeannette voit en lui la désespérance d'un monde auquel elle veut arracher Odette. Rigal la sonde du regard. Chacun de ses mouvements est accompagné d'un cliquetis de chaînes. Des éclats de voix leur parviennent. Il la fixe avec intensité.

— Vous avez la boîte, n'est-ce pas ? Vous n'avez pas attendu mes instructions.

Les yeux de Rigal la transpercent comme une épée. Sa bouche s'étire en lame de couteau.

— Elle est vide, se justifie Jeannette.

Il hoche la tête.

— Je vous ai observée avec votre patron et j'ai compris que vous n'êtes pas du même bord. Je peux vous aider à vous faire un nom.

Elle sait qu'il parle de Lavoir, mais comment a-t-il lu si aisément en elle ?

— On peut le faire tomber, insiste-t-il.

Le sourire de Rigal affiche une singulière satisfaction. Pense-t-il être face à un de ces poissons qu'il ferre du premier coup ?

— Expliquez-vous.

Un geôlier approche.

— Au fait, avez-vous connu un certain Lucas en Guyane ?

— Pourquoi ?

— À chacun ses secrets.

Il acquiesce en s'éloignant.

Une grande effervescence règne dans la salle de rédaction. Tous parlent en même temps en agitant les bras. Mais dès qu'on prend conscience de la présence de Jeannette, le silence retombe. Paul l'entraîne dans le couloir.

— Il faut qu'on discute.

— Ce n'est pas le moment, répond-elle en se dégageant.

— C'est très important, suis-moi. Mais qu'est-ce qui t'est arrivé ? s'inquiète-t-il en découvrant ses jambes écorchées.

— Rien, rétorque-t-elle en le suivant dans un café en face du journal.

— Tu veux quelque chose ?

Autour de plusieurs tables, des clients mangent de bon appétit le plat du jour dont JR situe l'odeur entre poisson frit et pot-au-feu. Une horreur. Elle secoue la tête.

Au prix d'un effort considérable, elle refoule des larmes. Elle a rédigé cet article sans penser à Roger. Elle comprend que chaque action qu'elle entreprendra pour éviter l'exécution d'Odette aura une répercussion néfaste sur lui. Comment sauver Odette tout en épargnant Roger ? La réponse s'impose : impossible.

— C'est une dure journée et j'ai besoin de calme, dit-elle en levant des yeux brillants. Je veux juste qu'on me laisse tranquille.

— Avec ton article placardé à la une, c'est raté, ma petite. Lavoir, jure ses grands dieux qu'il n'a pas donné son aval. Il t'accuse d'offenser les victimes et de réveiller la colère de la ligue fantôme.

— Qu'est-ce que ça veut dire ? demande-t-elle en allumant une cigarette.

Combien en a-t-elle fumé aujourd'hui ? Qu'importe désormais.

— La ligue fantôme est une bande de justiciers qui mène la vie dure aux familles de criminels. Une nouvelle descente rue de Galles se prépare et la cible sera encore une fois le bar Le Crystal. Elle intensifie son offensive à l'approche du procès d'Odette Dubreuil.

Muette comme un poisson, Jeannette fronce les sourcils. Les lettres peintes en rouge sur les murs du Crystal lui reviennent en mémoire.

— Il manipule l'opinion en attisant la haine dans ses articles. La ligue fantôme sort alors de l'ombre et inscrit des injures sur les maisons des prévenus. Elle mène la vie dure aux familles jusqu'à ce qu'elles quittent la ville. Elle s'acharne sur celles avec des enfants, « les graines de scélérats ».

— La police n'intervient pas ?

— Elle laisse faire pour éviter de mettre le feu aux poudres.

— Le patron est-il au courant ?

— Il ne regarde que son tirage… Pour le reste, il ferme les yeux.

— C'est lui qui m'a demandé de faire un article sur le nouvel avocat général et il s'est chargé personnellement de la publication.

Maintenant, la surprise gagne Paul. Le garçon pose un verre sur la table et retourne d'un pas pressé vers son comptoir, vers la vie simple des travailleurs aux vestes élimées.

— Jeannette, on est partis du mauvais pied tous les deux. Pourtant on a passé un bon moment le jour des régates. Si on allait au bal du 14 juillet ensemble ? propose-t-il d'un air enjoué.

Elle lève les yeux au plafond où un nuage de fumée s'accroche à la voûte.

— D'accord, mais je choisis le lieu. As-tu une voiture ?

Paul papillonne des paupières, à la fois étonné et amusé.

— Non, mais je peux demander à Charles sa camionnette, répond-il.

— Génial ! On va aller à Arès, il y aura un grand bal près du port. On y mangera des huîtres en buvant du vin blanc. On va bien s'amuser.

Sa dernière phrase sonne creux, mais Paul ne semble pas le remarquer.

16

JR fait irruption dans le bureau de Vergnes. Elle oublie le cérémonial qui dicte à chacun la plus grande discrétion afin de ne pas interrompre les réflexions du patron.

Il continue d'écrire quand elle s'assied face à lui.

— Qu'est-ce qui caractérise l'esprit suisse, mon petit ? demande-t-il sans lever les yeux de sa feuille.

Encore une de ses questions à la con, pense-t-elle en se calant dans le siège.

— Je dirais, calme et retenue.

Il acquiesce en lui adressant un large sourire.

— Il vous faudrait travailler ces deux qualités.

Oui, si elle possédait une once de retenue, elle aurait pensé à Roger en écrivant son article. Mais retenue et professionnalisme vont-ils de pair ?

— Je ne suis pas suisse…

— C'est vrai, j'avais presque oublié.

Vergnes pose sa plume et croise les bras en signe d'écoute.

— Antonin attise la colère de la ligue fantôme. Une incartade rue de Galles se prépare. Son appel à la haine va détruire l'effet de mon papier.

— Quoi d'autre ? demande-t-il, sans laisser transparaître la moindre surprise ou émotion.

À son avis, Vergnes joue double jeu. Il s'est servi d'elle pour redorer son blason auprès du président du tribunal. Mais jusqu'où est-il capable d'aller pour sauver sa place ? Sacrifierait-il son ami ?

— Votre carrière en pâtira…

Il sourit.

— Je crains que les subtilités de la politique vous échappent. Contentez-vous de faire votre travail.

Bien que déstabilisée, JR aborde le second sujet qui l'amène.

— Euh… Je me rends à Arès au bal de la fête nationale et je compte en profiter pour visiter l'aérium où travaillait Odette Dubreuil avant la guerre. Pour m'imprégner de l'atmosphère en vue de mon prochain article. Et ce ne sera pas sur mon temps au journal !

Elle s'attend à des compliments sur sa détermination ou même son obstination, des qualités essentielles à tout bon reporter. Mais la réponse la déconcerte un peu plus :

— Vous connaissez la première règle du métier : œuvrer pour la vérité en ménageant la chèvre et le chou.

Vergnes se lève en se tenant les reins.

— J'ai à faire, mon petit. Si vous identifiez cet aviateur, je veux être le premier informé.

— Qu'est-ce que tu faisais dans le bureau du patron ? demande Lavoir à JR.

Il surprend son regard vers Roger qui se tient près de lui, puis il lance d'un air triomphant :

— On se méfie des femmes de ton genre, perfides, fausses et intrigantes.

— Si quelqu'un intrigue ici, ce n'est pas moi. Au fait, tu as pesé le cerveau des suppliciés, ça donne quoi ?

Lavoir se lève et se précipite dans le couloir.

— Tu crois qu'il va demander à Vergnes de me virer, ironise JR.

— Tu m'as trahi. J'avais confiance en toi.

Elle garde la tête baissée. À quoi bon se justifier encore une fois ? Mais elle doit admettre qu'elle a commis l'irréparable à dessein. Sans écho à ses paroles, il insiste.

— Tu n'as jamais été de mon côté, depuis le départ, tu m'as trompé sur tes intentions.

Les mots de Roger glacent son corps.

— Tu as couché avec moi pour me manipuler. À qui le tour ? Laisse-moi deviner. Le patron, puisque tu passes ton temps dans son bureau.

Et vlan ! L'instant d'après la porte vibre sous la colère de Jeannette. Elle se précipite dans la cour enveloppée d'une lumière polie. Le tonnerre gronde en direction du sud. Des nuages noirs obscurcissent le ciel. Un éclair zèbre l'horizon. Sous des gouttes au bruit sourd sur les pavés, la poussière d'un mois de sécheresse exhale une odeur âcre. Puis le tambourinement se transforme en un concert de cymbales qui enchante les esprits et couvre les conversations.

Jeannette est sous le choc.

— Ça fait pousser les belles plantes, remarque Paul qu'elle n'a pas vu arriver.

Il vient tout contre elle pour se protéger de la pluie battante. Elle ne se recule pas. Sa présence la réconforte. Paul ne fait pas allusion à l'altercation dont il vient d'être témoin et elle le remercie en silence.

— Tu ne pourras pas te réfugier ici l'hiver prochain.

— Qui sait où je serai d'ici là !

Jeannette expose son plan pour le lendemain, ce qui rend Paul perplexe.

De retour dans la salle de rédaction, Jeannette recopie au propre les informations recueillies auprès d'Odette. Elle note de consulter les dossiers des enfants de 1914 à l'aérium.

— Mademoiselle Routier, on vous demande à l'entrée, lui lance un coursier avant de disparaître.

— Clotilde ?

— Je suis venue te dire au revoir. Je rentre à Genève. Y a-t-il un endroit où l'on serait tranquille ?

Jeannette entraîne Clotilde dans une pièce près de la réception, une remise où personne ne viendra les déranger. Dans le réduit exigu où sont entreposés des outils de maintenance, les deux femmes partagent le dessus d'une caisse en bois en guise de siège.

— J'ai retrouvé Roger après notre soirée au restaurant, annonce Clotilde d'un air gêné.

— Cela ne me regarde pas.

— Ce n'est pas ce que tu crois. Je sais que Roger et toi… Cela se voit comme le nez au milieu de la figure.

— C'est fini…

— Ah ! désolée.

— Ne le sois pas, il n'en vaut pas la peine.

— Justement, ce sera plus facile pour ce que j'ai à te dire.

Clotilde regarde ses jambes constellées de taches brunes. Elle frotte ses mollets avec vigueur en marmonnant : « Saleté de pluie. » JR la presse de s'expliquer.

— Roger t'apprécie beaucoup.

— Ça m'étonnerait.

— Si ! Je t'assure, seulement… C'est quelqu'un de très secret.

— Pourtant, il s'est confié à toi, réplique Jeannette avec une pointe de jalousie.

— On se connaît depuis longtemps.

— Pourquoi l'avoir caché ?

— C'était son idée. Il voulait te faire une blague.

Jeannette regarde les croûtes marron sur ses genoux. Puis elle pense que ses chaussures auraient besoin d'un bon coup de cirage.

— Pourquoi me racontes-tu ça maintenant ?

— J'ai lu ton article sur le nouvel avocat général…

Décidément, ce papier produisait un effet éloigné des louanges qu'elle espérait tant.

— Autrefois, Bernard Davon a secouru ma mère qui traversait une épreuve douloureuse. Elle lui doit beaucoup.

— Je ne le nomme pas dans l'interview de Bordier.

— Non, tu es trop intelligente pour ça. Mais tu dois comprendre que Bernard Davon avait un haut sens de la justice. Il se rangeait au côté des faibles. Mon père était recherché par les polices de France et a été abattu en 1912. Tandis que le procès faisait rage, Bernard a été pour ma mère et moi un rempart contre la foule malveillante.

— Pourquoi vous est-il venu en aide ?

— Autrefois, la famille Davon employait ma mère à Lyon. Et en homme de cœur, il a répondu à son appel au secours. Il nous a protégées du déversement de haine et de violence pendant l'affaire. Voilà ce que j'avais à te dire.

Clotilde se lève et ajoute avant de partir :

— Laisse-le reposer en paix et tu épargneras Roger.

— La vie d'une femme est en jeu.

— Trouve un autre moyen.

17

Elle prépare l'indispensable pour une soirée de fête, c'est-à-dire pas grand-chose. Elle est à la fois heureuse de passer ce dimanche avec Paul et triste de perdre Roger. Quand elle a cédé à la tentation de coucher avec lui, elle savait déjà qu'un mur était en train de se dresser entre eux, et les confidences d'Odette le rendent désormais infranchissable.

Elle a hâte d'en apprendre davantage sur Bernard Davon. Fervent partisan de la guillotine, il a malgré tout protégé la femme d'un grand anarchiste. Avec un peu de chance, à l'aérium un élément l'aiguillera peut-être vers une autre direction et tout s'arrangera avec Roger. *La vie est trop compliquée*, songe-t-elle quand trois coups familiers retentissent à sa porte.

— Que fais-tu là ? demande-t-elle d'une voix mal assurée.

Les mains dans les poches, Roger s'étonne de la voir sur le départ. Il observe la pièce comme s'il la découvrait.

— On doit parler.

Roger a sans doute hérité de la complexité de son père.

— Je n'ai rien à te dire. Va-t'en !

— Pourquoi m'as-tu caché que tu avais les lettres ?

Son sang se glace… Les lettres

— J'ai fait le choix de venir en aide à une femme. Ça te va comme réponse ?

— Elle compte donc plus que moi à tes yeux.

Ses mots sont un supplice. Elle sait qu'il suffirait d'un geste pour qu'elle capitule. Il la frôle.

— Toi aussi tu m'as menti, accuse-t-elle, le menton arrogant.

— Non…

— Si, tu m'as caché que tu connaissais Clotilde et pendant le dîner vous vous êtes bien moqués de moi.

Il baisse la tête comme un enfant pris en faute.

— Laisse-moi. J'ai des choses à faire.

— Comme quoi ? Retrouver ton écervelé de reporter sportif !

— Je n'ai pas de comptes à te rendre.

— Personne n'est tout blanc ou tout noir. Même si tu penses que mon père a mérité son sort, sache qu'il a secouru Clotilde et sa mère d'une meute avide de sang. Sans lui, j'ose à peine imaginer ce qu'elles auraient subi. Il les a sauvées. Ça ne pèse donc pas dans ton esprit assoiffé de justice ?

Son cœur lui dicte de baisser la garde, mais sa raison l'aide à résister. Roger s'assied sur le coin du lit.

— Va rejoindre ton ami qui voulait te faire interner, puisque vous vous êtes réconciliés, lui ordonne-t-elle avec dédain.

— Il y a deux camps, Jeannette, et nous ne sommes plus dans le même.

Lavoir a dû persuader Roger de s'allier à lui pour défendre la mémoire de Bernard Davon. Mais, Roger est-il animé par la même soif de vengeance que Lavoir ?

La brosse à cheveux s'échappe des mains fébriles de Jeannette. Roger se baisse pour la ramasser. Il s'attarde. Elle comprend. Un papier pointe sous le lit. Roger se penche et tire un paquet d'enveloppes. Elle jette un regard désespéré vers la porte, paralysée. Il dépose les feuillets sur la table, à côté du sac de voyage, le visage crispé. Elle cherche une explication dans son esprit embrouillé.

Il s'avance vers le coin cuisine.

— J'étais venu pour que nous trouvions un terrain d'entente…

Un instant plus tard, une allumette s'embrase puis sa flamme lèche le bord d'une feuille suspendue au-dessus du vieil évier ébréché. À deux mains, il tourne le collage de mots qui se consume en un éclair jusqu'à son milieu. Des restes carbonisés volettent vers la fenêtre entrouverte, happés par un courant d'air. Il en craque une deuxième, puis une troisième et une quatrième en silence. Jeannette observe avec tristesse des cendres tomber sur sa robe qu'elle prévoyait de porter pour le bal du 14 juillet. Fichue.

Elle songe au corbeau. Le regard acéré de Roger devient celui du portrait de son père, puis elle croit comprendre.

— Tu cherches à protéger quelqu'un en brûlant ces lettres.

Il secoue la tête comme un enfant obstiné. Un éclair jaillit dans l'esprit de Jeannette.

— C'est Antonin, le corbeau !

La porte s'ouvre avec fracas. Ils sursautent. La réponse attendra…

— Vous allez foutre le feu à l'immeuble. Toi, tu dégages ! hurle Fleurichon en prenant Roger par le col.

Tandis que Roger dévale l'escalier, le propriétaire ordonne à Jeannette de boucler ses valises et de disparaître. Elle le supplie de l'autoriser à laisser ses affaires jusqu'à son retour. Deux jours. Fleurichon semble évaluer la requête un instant puis statue. Pas question.

Elle se retrouve à la rue. Roger surgit de l'ombre.

— Où vas-tu ?

Elle avance vers les quais d'un pas décidé à la recherche d'un endroit où passer la nuit, déséquilibrée à droite par la grosse valise, un balluchon sur l'épaule gauche et son sac sur le ventre. Il insiste puis lui suggère de prendre une chambre à l'hôtel des Quatre-Sœurs. En effet, sa première réaction a été de confier ses bagages à M. Georges, mais elle ne veut pas avoir à se justifier. Il s'inquiète. Elle lui ordonne de partir et après une brève hésitation, il disparaît dans la nuit.

Un homme l'observe depuis son arrivée à l'arrêt du tram. Il s'approche.

— Je te connais.

Elle s'oblige à ne pas le regarder. Ne pas établir le contact. Elle supplie le tramway de se montrer.

— Eh, t'es la fille qui a fait tourner la tête de notre scribouillard. C'est moi, Charles, le beau-père de Paul.

Elle le salue, soulagée.

— Où vas-tu comme ça ? Tu devais retrouver Paul chez moi demain matin. T'as changé d'avis ?

— Non, j'ai eu un différend avec mon logeur et je vais passer la nuit à la gare.

— Hmmm… C'est pas un endroit pour une jeune fille.

— Je me joindrai à une famille pour éviter les ennuis.

— T'en as dans le ciboulot. T'es journaliste, c'est ça ?

— Voilà le tram !

— Tu peux venir à la maison. Paul ne me pardonnera pas de te laisser dormir n'importe où… Et j'ai pas envie qu'il m'engueule demain, dit-il en s'esclaffant.

Le tramway repart sans Jeannette tandis que Charles s'empare des bagages et se réjouit d'être sorti prendre l'air.

Ils empruntent un escalier qui descend à une cave et monte à l'appartement de Charles. L'odeur de moisi mêlée à celle du vin – qui en d'autres circonstances dérangerait les estomacs les plus solides – est réconfortante à l'instant présent. La mère de Paul en chemise de nuit propose une tisane tandis que Charles bombarde Jeannette de questions à la lueur d'une bougie. Elle ne voudrait pas mentir à cet homme qui lui offre l'hospitalité, mais comprendrait-il que son amant d'une fois a brûlé des lettres de menace dans son évier ?

— Tu dormiras dans le lit avec Monique, et moi sur une chaise.

Jeannette proteste, mais Charles ne laissera pas une gamine de vingt ans discuter ses ordres.

— Même si on est à l'étroit, ça nous suffit. On vit en bas. Monique cuisine le plat du jour et moi…

— Tu fais la vaisselle, l'interrompt la mère de Paul en riant.

Le lendemain matin, Paul découvre Jeannette devant un bol de café chez ses parents. Charles chuchote quelque chose à son oreille et il fait comme si la situation était normale. Monique propose de veiller sur les bagages.

En chemin, il jette des coups d'œil vers elle à chaque changement de vitesse. Quand il pose une main sur son genou, des larmes roulent sur ses joues. Il gare la camionnette en bordure d'une forêt de pins, puis la serre dans ses bras, appuyé contre la portière. L'horizon rougeoie derrière l'alignement des troncs ; la nature est silencieuse, la route, déserte.

— Il va faire beau, murmure-t-il dans ses cheveux.

— Comme tous les jours, constate-t-elle, la voix rauque.

— Oui, mais aujourd'hui plus qu'hier parce que c'est le 14 juillet. Et ce jour-là, le soleil brille plus fort et plus haut. Tu n'as jamais remarqué ?

— Paul…

— Tu n'es pas obligée.

Elle lâche prise parce que sa vie est remplie de questions auxquelles elle est incapable de répondre. Paul ne comprend probablement pas ses paroles entrecoupées de sanglots, mais ne l'interrompt pas. Elle croyait que fuir le passé suffirait pour se construire un nouvel avenir, mais le présent charrie aussi son lot de conséquences. Rien n'est blanc ou noir. Les mots de Roger.

18

— J'ai une surprise pour toi !

— Je déteste les surprises, gémit Jeannette, faussement contrariée.

Paul brandit alors un appareil photo sorti de la camionnette qu'il a garée devant l'aérium.

— Un cliché pour illustrer l'article de la reporter la plus en vue du célèbre journal bordelais.

Des cris d'enfants leur parviennent depuis le parc boisé de l'établissement. Ils remontent l'allée jusqu'au long bâtiment à la façade tournée vers la mer, à leur gauche, buanderies et lavoirs où Odette travaillait autrefois. Jeannette fait signe à Paul de prendre une photo.

Plus loin, poulaillers et étables, et en retrait se cache un potager. Bien que surprise, la directrice les accueille avec chaleur et propose le tour du propriétaire. Les dortoirs de l'établissement à la propreté exemplaire se situent dans les ailes, à droite pour les filles et à gauche pour les garçons. Des dessus-de-lit à franges recouvrent les quarante couchages alignés deux par deux, de part et d'autre d'une allée. Roger avait occupé un de ces lits, Jeannette chasse cette pensée pour se concentrer sur le présent. Des paravents en bois à espaces réguliers assurent l'intimité des pensionnaires. Comme dans chaque bâtiment de l'aérium, de larges fenêtres laissent entrer la lumière estivale. Dans les salles de bains, une estrade accueille les baignoires tout en dissimulant leurs évacuations. Jeannette imagine les enfants en train de s'éclabousser autour des lavabos en vis-à-vis puis attraper à la volée un des carrés d'éponge posés sur les porte-serviettes en quinconce. La nostalgie la saisit devant les pupitres d'écolier. Son émerveillement est à son comble face aux fresques du réfectoire aux tons pastel qui dégagent une immense plénitude.

Dans la grande salle commune et peu avant la guerre, un peintre a consacré plusieurs semaines à couvrir les murs de scènes quotidiennes, explique la directrice avec fierté. Jeannette adresse un signe discret à Paul et aussitôt un crépitement retentit. L'appareil capture au-dessus de la cheminée la représentation d'enfants en train de goûter à l'ombre des pins. Un panneau occupe la largeur d'une cloison percée d'une ouverture face à la mer, le décor naturel pénètre la fresque immortalisant un retour de pêche. Sur un autre, un berger et son troupeau auprès de trois jeunes filles au bord de l'eau. Une scène de sortie de bain retient l'attention de Paul, Jeannette lui pince le bras. Ils échangent un regard rieur. Elle s'enquit du nom de ce peintre original.

— Vous avez dû apprendre par la presse qu'une de vos anciennes blanchisseuses a tué un magistrat, lance abruptement Jeannette.

Un air désolé envahit le visage de la charmante directrice.

— Quelle triste affaire !

— Son fils Émile s'est noyé en 14. Son mari, votre jardinier, n'a pas cru à un accident à cause d'une blessure à la tête.

La dame fixe Jeannette, la mine consternée.

— En effet, mais le médecin a confirmé que le pauvre petit avait chuté sur un rocher de soutènement et qu'il s'était noyé avant de reprendre ses esprits.

— Quelqu'un aurait pu pousser Émile et le regarder mourir.

— On s'en est remis aux conclusions du docteur Fontan.

— Où peut-on le trouver ?

— Décédé. Paix à son âme.

— Roger Davon, le fils du magistrat assassiné, a séjourné ici. Vous en souvenez-vous ?

— Vaguement, c'était un garçon doux et sans histoire, comme beaucoup.

— Le père Davon serait intervenu pour calmer votre jardinier qui rudoyait certains enfants. Confirmez-vous ?

— En effet.

— Le médecin devait réaliser une autopsie, l'a-t-il pratiquée ?

— Ce n'était plus de mon ressort.

— Avez-vous reçu la visite d'un ancien pensionnaire, un aviateur ?

La dame répond par la négative. Puis Jeannette demande à consulter les dossiers des résidents de 1914, mais les archives ont brûlé et avec elles les traces de l'activité d'avant-guerre.

Après avoir franchi les grilles, Paul observe un silence pesant.

— Qu'est-ce qui ne va pas ?

— Tu ramènes tout à Roger. Tu n'es pas venue pour Odette, mais pour lui. Ce type te fascine.

— Je t'interdis de dire ça ! Ma priorité est Odette et le restera jusqu'à ce que… Tu veux que je te raconte comment ça se passe ? Tu veux que je te parle de ces êtres humains qui avancent vers la guillotine le col de chemise coupé ? Tu veux que je te parle du corps qui bascule ? Tu veux que je te parle du bruit du couperet qui tombe ? Tu veux que je te parle des cinq kilos de sciure pour éponger le sang ? Tu veux que je te parle de la tête qui est jetée dans le panier ? Tu veux…

— Arrête ! Nom de Dieu ! Arrête…

Jeannette se laisse tomber au pied du tronc d'un pin, le visage enfoui au creux des mains. Paul s'assied à ses côtés et passe un bras autour de ses épaules en lui demandant pardon. Elle se dégage avec fureur et court vers la plage. Derrière ses yeux embués, l'eau reflète le caléidoscope de ses pensées. Combien de temps est-elle restée assise sur le sable, la tête sur ses genoux ? Jusqu'à ce que ses bras se marbrent de rouge. Tout à coup, la désagréable sensation du frottement d'un chapeau de paille sur son front la fait réagir.

— Viens. C'est l'heure de manger des huîtres, dit Paul.

Il lui prend la main et la tire sans ménagement. Elle se laisse guider, indifférente.

— Mange, ça va refroidir.

— Pour ça, faudrait qu'elles soient chaudes. J'aime les huîtres bien fraîches comme mon père les servait, pas tiédasses.

— Ne sois pas difficile, on a de quoi se caler l'estomac.

Elle trempe les lèvres dans son verre, le vin blanc frappé soulage sa peine. Elle regarde d'un air amusé le reporter sportif aux épaules carrées gober les mollusques. Il lève un sourcil.

— Arrête de boire sinon ce soir tu ronfleras à l'arrière de la camionnette au lieu de danser.

Elle pouffe de rire. Elle avait oublié le bal, préoccupée par son expulsion et l'urgence de se mettre en quête d'un nouveau logement, mais elle s'abstient de l'évoquer.

À la fin du repas, Paul propose une promenade.

— On va aller rendre visite au docteur Fontan.

— Mais il est mort.

— Et alors ? Il a bien une tombe.

— Ça servira à quoi ?

— À rien. Tu ne fais jamais des choses pour rien, juste comme ça, sans te poser de questions ?

— Je ne crois pas…

Sous un chapeau de paille, tête baissée, Jeannette suit Paul qui écarte les ronces du passage. Elle lève le regard sur un petit mur d'enceinte. Le cimetière. Il ouvre un portillon grincheux et l'invite à entrer.

— Pile ou face ? demande-t-il en sortant une pièce de la poche de son pantalon.

— Face.

— Perdu.

— Tricheur ! Tu ne l'as pas lancée !

— Tu prends à droite, fait-il d'un ton qui n'admet pas la discussion.

Jeannette déchiffre des noms et des dates de longévité de défunts aux traits figés dans des médaillons ternis. Entre caveaux surélevés et tombes sommaires, elle cherche un nom, elle s'égare aussi entre parterres fleuris et mauvaises herbes et s'interroge sur l'état de celle de sa mère qu'elle n'a pas visitée depuis une éternité. Paul la sort de ses songes en émettant un bruit strident à deux tons.

— Siffler dans un cimetière est un sacrilège, gronde-t-elle.

Il regarde à la ronde.

— Ça dérange qui ? demande-t-il en ouvrant les bras.

Du menton, il indique une plaque vissée sur une pierre de marbre. Jean Fontan, 3 décembre 1864-3 décembre 1925.

— Quelle horreur, mourir le jour de son anniversaire.

— Il n'y a pas de bonne date pour mourir, ma petite dame, répond-il en chevrotant.

— Mais tu ne respectes donc rien ! Tu crois qu'il a une famille ?

— À quoi penses-tu ?

— L'autopsie d'Émile. Peut-être qu'il existe un document qui nous éclairerait sur les circonstances de sa mort.

Ils poursuivent les recherches et découvrent un semblant de tombe – plus petite que les autres – surmontée d'une croix sur laquelle la mention « À notre fils » est gravée sur la branche horizontale. Émile. Ils se recueillent un instant.

À la sortie du cimetière, Paul montre un discret sentier qui serpente vers une clairière. Les ajoncs griffus saluent leur passage.

— Où m'emmènes-tu ? se plaint Jeannette.

— Regarde.

Au pied de chênes, en bordure d'un champ, des masses blanchâtres se disputent leur précieuse ombre. Jeannette plisse les yeux. Des moutons. Elle sourit à Paul.

Ils s'avancent vers la vie. Jeannette scrute les alentours. Y a-t-il un homme hors des murs de sa demeure ou du cimetière ? Assis à l'écart du troupeau sur une souche, un enfant. Paul fait de grands gestes pour attirer son attention puis lui signifie de s'approcher. Avec une lenteur infinie, le garçon se lève peu enclin à parcourir les cent mètres qui les séparent. Alors ils longent la clôture de bois à la recherche d'un passage pour le rejoindre. Finalement, l'enfant s'avance vers eux.

— Ils sont à toi ces moutons ?

Le garçon dévisage Paul. Jeannette répète doucement. Il secoue la tête.

— Grand-père, prononce-t-il avec difficulté.

— Où est-il ?

Il tend un bras atrophié en direction d'une cabane aux tuiles rouges émergeant à l'orée d'une forêt. Les deux journalistes reprennent leur marche.

Paul cogne à une porte de bois branlante. Pas de réponse. Il frappe plus fort. Toujours rien. Jeannette se dirige vers une fenêtre d'où s'échappe un sifflement discontinu.

— Bonjour ! crie-t-elle en poussant les battants.

Un vieil homme allongé sur un couchage rudimentaire ouvre de grands yeux. Il se passe une main sur le visage.

— Désolée de vous déranger en pleine sieste.

— Trop tard…

— Êtes-vous le berger représenté sur une fresque de l'aérium ?

Un grognement sourd s'élève, puis le vieux indique la porte d'un doigt déformé.

— C'est un honneur pour moi d'avoir posé pour cet illustre peintre, dit le vieil homme, un instant plus tard.

— Nous recherchons des personnes qui ont fréquenté l'établissement avant la guerre, déclare Paul.

— Ah, la vie avant la guerre… Aujourd'hui, mes os ne répondent plus et mon petit-fils baye aux corneilles.

C'est comme ça maintenant, conclut-il en dévisageant les deux reporters assis à sa table.

— Le garçon d'une des blanchisseuses est mort noyé à cette époque. Vous en souvenez-vous ?

Le berger ordonne ses cheveux poisseux de ses doigts déformés.

— Encore cette histoire…

— Que voulez-vous dire ? demande Paul d'un ton autoritaire.

— Un type est venu me poser des questions, y a pas longtemps. Un ancien camarade du fils du jardinier. C'est ce qu'il a dit. Il recherchait la famille pour partager des souvenirs.

Le vieux fait une pause avant de reprendre :

— Faut pas remuer le passé…

— Était-ce un aviateur ?

— Vous êtes qui, au juste ?

— Des journalistes, répondent-ils à l'unisson.

Une étrange lueur traverse le regard usé du berger.

— Sortez un billet et je vous dis qui est ce gars.

Jeannette se tourne vers Paul. Son sac est resté dans la camionnette. Il agite alors un billet que le vieux n'a pas le temps d'attraper.

— Un nom, un billet.

Il évalue la situation, l'air mauvais.

— Je connais pas son nom, mais je sais qui c'est.

19

Le berger a identifié celui dont les rotatives crachaient le visage sous les yeux de Jeannette à son arrivée au journal. Pascal Rigal. Pascal Rigal a armé le bras d'Odette. Une issue nouvelle s'ouvre. Cette information sauverait Odette, mais lui serait condamné à mort et sûrement guillotiné. La vie d'un être humain vaut-elle plus que celle d'un autre ? Comment pourrait-elle vivre en portant la responsabilité du sacrifice d'une vie ?

Le jour décline, le soleil indique 8 heures. Paul s'affaire dans la camionnette et Jeannette s'en inquiète lorsqu'il surgit en tenue de bain. Elle cache ses yeux de ses doigts en éventail.

Il avance d'un pas mesuré vers elle, le torse gonflé, les muscles des épaules en action.

— Viens, dit-il en tendant une main.

— Je n'ai pas prévu, répond-elle d'une voix effarouchée.

— Enlève ta robe.

— Non ! supplie-t-elle, les joues enflammées.

— Je jure devant la terre entière que je ne regarderai pas.

Après de longues négociations lors desquelles Paul gagne peu à peu du terrain, elle accepte de se baigner en sous-vêtements, mais elle garde son jupon. Il barbote depuis un moment quand elle le rejoint.

— L'eau lave l'âme. Quand tu sortiras, les choses t'apparaîtront sous un angle différent.

Elle rit parce qu'elle s'amuse. En compagnie de Paul la vie devient légère. Elle voudrait que cet instant dure toujours.

— Paul, est-ce qu'on rentrera après le feu d'artifice ?

— Non, on attendra l'aube. Mais ne t'inquiète pas, je ne vais pas abuser de toi.

Une gerbe d'eau s'abat sur lui.

— Tu vas le payer, hurle-t-il en se ruant sur elle.

En bordure de la jetée où le bal populaire bat son plein, les musiciens jouent avec ferveur sur une estrade tricolore. Sous les lampions et les guirlandes accrochés dans les arbres, des vieux à la jeunesse retrouvée se trémoussent, des pères dansent avec leurs enfants dans les bras et les jeunes donnent libre cours à une frénésie de glissades. Femmes en robe légère et hommes en chemise s'agitent avec fièvre une nuit de 14 juillet.

— La danse n'est pas un sport de tout repos, crie Paul en gesticulant.

— Je ne suis pas une fervente de Terpsichore.

Paul fait signe de le rejoindre. Jeannette n'aime pas danser, mais se laisse entraîner au milieu de la foule quand il lui prend la main.

Cette nuit-là, elle découvre le plaisir de s'ébattre pieds nus sur la voie publique, l'ivresse a envahi son esprit. Le monde lui appartient.

Quand la fête tire à sa fin, ils retournent à la camionnette garée près de l'aérium.

— Je vais dormir à la plage, annonce-t-elle d'une voix ferme.

Elle s'éloigne sous le regard de Paul. La marée monte et des effluves marins balaient le rivage par vague. Elle se fait un oreiller avec du varech, allume une cigarette et s'allonge. Bercé par le clapotis des vagues, son esprit s'échappe.

— Tu comptes les étoiles ?

— Non, je parle à ma mère.

— Je peux ? demande-t-il en s'asseyant. C'est la première fois que je te vois aussi gaie et tu danses pas mal.

— Tu exagères…

Il s'allonge sur le sable chaud, son épaule contre la sienne. Elle ne recule pas.

— Tu m'offrirais une cigarette, si tu étais une gentille fille.

Elle lui tend le paquet.

— Sais-tu pourquoi j'ai accepté de t'accompagner ici ?

— Parce que tu es un gentil garçon.

— Faux ! Parce que je peux taper dans ta réserve d'américaines sans sortir un centime. J'ai trouvé un filon !

— Paul ?

— Quoi ?

— Est-ce que j'empeste le vieux cheminot ?

Il se tourne vers elle en s'appuyant sur un coude. Son visage, si près du sien que si elle bouge, leurs nez se rencontrent. Puis Paul se recouche.

— Je n'ai pas remarqué.

Elle inspire profondément. Il demande comment elle va s'y prendre pour confondre Rigal.

— Chaque mot qui sort de sa bouche est dit à la place d'un autre. J'ai besoin de mieux comprendre la situation avant de l'interroger.

— Que celui qui n'a jamais menti jette la première pierre ! déclame Paul, la main sur le cœur.

Cette fois, c'est Jeannette qui se redresse sur un coude.

— Je suis curieuse de savoir quels sont tes mensonges.

— On cache tous des choses peu glorieuses. Le mensonge est un instinct de survie, il protège d'une vérité qui fait honte malgré le risque d'être découvert. Ses conséquences sont alors incontrôlables.

— Comment faire ?

— La vérité a de multiples facettes, il suffit de la présenter sous celle qui est la plus acceptable. C'est ce qu'on fait en journalisme, n'est-ce pas ?

— Tu n'as pas répondu à ma question.

— Ce n'en était pas une, mais une remarque, mademoiselle la portraitiste.

Leurs regards s'accrochent à la voûte céleste, une heure ou une éternité. Puis une autre question tombe.

— Pourquoi as-tu quitté la Suisse ?

Alors elle se lance dans une version similaire à celle racontée à Roger. Supportable.

Au petit matin, le retour à Bordeaux s'est passé en silence, seule la camionnette s'est exprimée par des soubresauts intempestifs, des grincements de ressorts, des couinements de sièges et des crissements de pneus sur les graviers. Monique a activé son réseau pendant leur absence et indique à Jeannette une pension de famille qui la dépannera le temps de trouver un nouveau logement.

Une heure et une toilette plus tard, elle se rend au service expédition de *La Belle Garonne*. Une dizaine de femmes s'affaire dans le pliage et l'emballage des exemplaires de journaux destinés aux quatre coins du département. Jeannette se plonge dans le volumineux répertoire régional à la recherche de l'adresse du peintre. Elle le retrouve « illustrateur de murailles » dans une réclame encadrée. Ce qualificatif émerveille la jeune reporter qui n'aurait pas mieux classé les fresques de l'aérium. Mais la déception s'abat dès qu'elle constate que l'artiste réside à Paris. Elle escompte éveiller sa curiosité avec un télégramme énigmatique.

Roger est absent et Paul suit une course de vélos organisée dans les vignes du Médoc. La parenthèse hors des murs surchauffés de la ville a eu un effet bénéfique, Jeannette a presque oublié son père qui l'attend en Suisse. Depuis ses premiers pas au journal deux semaines plus tôt, ses rêves se sont transformés en cauchemars, l'espoir en désespoir, les salons en prison, les boudoirs en parloirs. Malgré tout, elle se sent légère en retournant à la rédaction. Par la fenêtre qui surplombe la rue, elle aperçoit les chapeaux des passants danser. Elle avise une feuille laissée sur la table. Sûrement le papier de Lavoir relatant les conclusions de l'autopsie des deux suppliciés.

Sa gorge se noue quand elle reconnaît le nom du quotidien suisse. Elle jette un regard affolé autour d'elle. Puis elle fixe le titre : « Le gaz homicide ». Le contenu de l'article remonte comme une lame de fond : « Le gaz d'éclairage desservant les ménages a causé un nouveau suicide, celui d'un éminent professeur d'histoire à l'université... » Même si le début n'incrimine pas Jeannette, la suite est ravageuse. « Le professeur a laissé une lettre dans laquelle il avoue manquer de force pour affronter la boue dans laquelle une étudiante l'a traîné, un tissu de mensonges qu'il n'a pas la force de combattre et préfère partir la tête haute en mettant fin à ses jours. » Les mots se déforment puis perdent leur sens, dilués par les larmes.

Une ombre balaie la table comme un mauvais présage. Lavoir guette sa réaction.

— Ceci est un avertissement. Je te brise à la prochaine incartade.

— Télégramme, crie le distributeur de courrier en jetant un billet.

Son regard retrouve de l'éclat en lisant le message du peintre. Celui-ci témoignera demain au procès d'un neveu. Il donne rendez-vous à Jeannette sur les marches du palais de justice en fin de matinée.

20

En gravissant les marches sous les rayons caressants du soleil, Jeannette constate avec tristesse que le palais de justice devient un lieu familier. Même la présence du corbeau qui en surveille l'entrée comme une funeste sentinelle ne l'étonne plus. Le prévenu pénètre sous les murmures du public dont l'affluence est loin de celle des grands procès. Elle scrute la salle à la recherche de celui qui serait le peintre et qu'elle rencontrera à midi, mais impossible de l'identifier parmi les visages fermés de l'assemblée. Elle reconnaît Lavoir assis à l'endroit réservé à la presse.

Le président dresse un portrait dithyrambique du corpulent prévenu chauve qui paraît plus vieux que son âge. Droit sur un banc, ce dernier reçoit avec sobriété les éloges dus à son glorieux passé, arborant sur le revers de son veston le ruban de la croix de guerre. La description de la victime est à l'opposé de celle de son assassin : un homme de probité douteuse, un déclassé.

Le prévenu a tiré à deux reprises sur un agent d'affaires à l'issue d'un verdict en sa défaveur. La balle a traversé le rectum, abîmé la vessie et touché l'artère ilio-fémorale. Deux jours plus tard, le malheureux a succombé à ses blessures. Le désaccord portait sur les termes d'un contrat : la victime, usurier de métier, prétendait avoir acheté des biens mobiliers à l'accusé alors que ce dernier estimait qu'il s'agissait d'un prêt sur nantissement. S'ensuit un défilé de témoins à la barre. Enfin l'oncle à la moustache alerte et aux yeux vifs décrit son neveu empreint de la même sensibilité artistique que lui. La branche maternelle dont il est issu lui a transmis ce don de Dieu. Puis l'audience est levée.

L'orage de la nuit n'a pas rafraîchi les pierres saturées de chaleur, le soleil frappe fort. Le peintre conduit Jeannette dans un restaurant situé au coin de la place de la République. À leur soulagement, l'air se fait moins pesant dans la salle de l'établissement. Un serveur les mène près d'une haute fenêtre avec vue sur le palais.

Par politesse, Jeannette s'intéresse d'abord au neveu du peintre. Puis elle félicite l'artiste sur son travail qu'elle qualifie de champêtre. Elle sort alors les cinq clichés qu'elle a obtenus en exerçant une forte pression sur l'employé responsable du développement des photos. Elle demande au peintre de commenter les scènes qu'il a immortalisées. Le visage du vieil homme s'illumine en pointant un doigt tremblotant sur l'un d'eux.

— Ici, une sœur enseigne les travaux d'aiguille à un groupe de filles.

Jeannette montre l'une d'entre elles à l'écart, assise au pied d'un pin, un livre sur les genoux.

— Je me souviens qu'elle apprenait des passages entiers, puis les interprétait avec quelques pensionnaires. Elle mettait aussi à contribution des sœurs. Je me suis moi-même prêté au jeu. Tenez, dit l'artiste, en parlant d'un berger qui surveille son troupeau sur une autre photo, lui s'arrêtait pour saluer les religieuses pendant le goûter des enfants en bordure de plage. Un jour, il nous a tous surpris en tonnant une réplique sans y être sollicité. Elle avait conquis son petit monde. On a bien ri. C'était certainement la plus belle période de ma vie, soupire le vieil homme. Ici, on la voit mieux sur cette scène de bord de mer, je l'ai peinte de face.

— Vous souvenez-vous de son nom ?

— Oui, elle portait le même prénom que mon premier amour. Clotilde…

— Vous m'êtes d'une grande aide, constate Jeannette en posant une main sur celle du vieil homme. Que pouvez-vous me dire de ce panneau qui représente des enfants près d'un pêcheur et de son bateau ?

Le visage du peintre s'assombrit.

— Le garçon au chapeau de paille, c'était le fils du jardinier. J'ai appris la tragédie qui a frappé cette famille. Pauvre petit.

— Émile Dubreuil. Qui sont ces deux garçons avec lui ?

— Ces deux-là ? Ils étaient inséparables et faisaient les quatre cents coups.

— L'un d'eux s'appelait-il Roger ?

— Je ne me souviens pas des prénoms.

Puis le vieil homme revient à ses préoccupations du moment, le destin de son neveu qui se jouera à quelques pas d'ici ce soir.

Au moment du dessert, Jeannette déduit que les enfances de Roger et Clotilde sont plus étroitement liées qu'ils n'ont voulu le dire et ils ont connu Émile.

En quittant le restaurant, les paroles de Paul se ravivent : « Tu ramènes toujours tout à Roger. »

Jeannette assiste à la fin du procès dont l'issue sera clémente envers le prévenu. À la sortie du tribunal, elle se hâte afin de ne pas rencontrer Lavoir. Paul l'attend. Il rentre d'une journée passée à suivre une course à pied.

— Je t'ai trouvé un appartement. L'organisateur de la manifestation a un logement vacant tout près d'ici. Il a accepté de faire un prix d'ami à une jeune reporter fauchée, mais pleine de talent, annonce-t-il en secouant une clé entre ses doigts. On va chercher tes affaires à la pension !

Au premier étage de l'immeuble, le lieu s'avère plus lumineux et moins chaud que le précédent situé sous les toits, cependant les murs délabrés découragent Jeannette. Paul suggère avec enthousiasme de les repeindre. Un pot suffira et avec l'aide de Charles son nouveau logement retrouvera sa fraîcheur d'antan en un clin d'œil. Elle refuse sa proposition de fêter l'événement sur les quais. Quelque chose à faire qui ne peut attendre…

Les murs saperaient le moral d'une troupe, mais l'appartement est propre. Elle installe ses affaires dans la petite armoire dans laquelle elle trouve une paire de draps puis prépare le lit.

Un peu plus tard, les conversations joyeuses des passants l'accompagnent dans les rues. Rue du Temple, elle jette un coup d'œil vers la loge du concierge. Puis elle gravit les marches de l'escalier quatre à quatre.

Partagé entre hésitation et étonnement, Roger la fait entrer. Elle accepte un doigt de porto qu'il sert plutôt par convenance qu'en signe de bienvenue. Le nez dans son verre et les yeux rivés sur Jeannette, il l'observe en silence. Elle tourne le verre de cristal ciselé dans lequel le vin libère ses arômes boisés.

— Antonin a ressorti l'article sur le professeur de Genève dont je t'ai parlé et avant qu'il t'expose les faits à sa façon, je suis venue te dire la vérité.

Il pose délicatement son verre sur la table en marqueterie et croise les bras comme un enseignant contrarié par la réponse de son élève.

— Il a été déterminé que cet homme, dont j'ai fait le portrait que tu sais, s'est suicidé.

Visiblement, Roger ne saisit pas l'importance que Jeannette attribue à ses propos.

— Il a laissé une lettre dans laquelle il m'accuse de l'obliger à mettre fin à ses jours, précise-t-elle d'une voix étranglée.

Les yeux bleus de Roger se voilent entre deux cillements. Elle vide son verre d'un coup pour se donner le courage de continuer.

— Je n'avais pas d'autre possibilité que de le dénoncer. Je ne voulais pas rejoindre les dizaines d'étudiantes abusées par cet homme.

— Ce n'est pas en te cherchant des excuses que tu avanceras.

— Aucun journal ne m'aurait embauchée après cette affaire, alors j'ai quitté Genève. J'espérais pouvoir tourner la page ici…

— Qu'attends-tu de moi ? Une absolution ?

Ces certitudes vacillent tandis qu'elle soutient son regard ironique.

— Qu'aurais-je dû faire ? Il fallait l'arrêter.

— Les réponses t'appartiennent. Désolé, dit-il en se levant, j'ai à faire.

— Pourquoi m'as-tu caché que Clotilde et toi aviez séjourné ensemble à l'aérium ?

Il hésite, la main sur la poignée.

— Probablement pour les mêmes raisons que tu as dissimulé le suicide du professeur. On est quittes.

Dans l'entrée, elle se décide à aborder la vraie raison de sa visite.

— Mon père est à Genève, il me réclame.

Il claque la porte.

Poursuivie dans les ruelles par sa conversation décevante avec Roger, elle prend conscience que son portrait chinois a fait plus que révéler la noirceur qui habitait l'enseignant émérite. Incapable d'affronter le minable qu'il était en vérité et d'assumer les conséquences de ses actes, il a mis fin à ses jours. Elle se demande si l'issue aurait été différente si elle avait recueilli des témoignages d'autres étudiantes et obligé la direction de l'université à sortir de son mutisme. Elle a peut-être fait de mauvais choix, mais les embûches semées sur sa route ralentissent ses pas sans pour autant barrer son chemin. Elle se rend compte qu'accepter l'échec, c'est considérer un problème à éradiquer une fois pour toutes.

21

— Pascal, quand êtes-vous revenu à Bordeaux ?

Jeannette possède suffisamment d'éléments pour le mettre au pied du mur. Le bagnard affiche un sourire narquois.

— Je vois que vous avez succombé à vos ambitions professionnelles en accourant si vite.

Jeannette fronce les sourcils, elle ne se laissera pas influencer par une promesse de succès. Elle compte éviter soigneusement le sujet du coffret parce qu'elle l'associe à la chute de la carrière de Lavoir. Et celle-ci viendra du président du tribunal qui demande son renvoi même si Vergnes tergiverse. Mais elle a tort et elle le comprendra bientôt.

— Répondez à ma question !

— En octobre dernier, fait-il en lui jetant un regard par en dessous.

Les traits du bagnard sont moins marqués, comme soulagés d'un poids.

— Donc vous êtes au courant qu'une femme a assassiné l'avocat général Davon à l'issue du procès d'un marin.

— Vaguement. En quoi cela me concerne-t-il ?

— Il s'avère qu'elle ne l'a pas tué pour les raisons évoquées dans la presse.

Jeannette ne nomme pas Lavoir afin que la conversation ne dérive pas de son objectif.

— Vous n'auriez pas une cigarette ?

— Elle s'appelle Odette Dubreuil. Et justement à l'automne dernier, un aviateur s'est présenté au bar Le Crystal. Et cet homme est ici !

— Moi ? demande-t-il d'un air théâtral. Vous me faites trop d'honneur, mademoiselle l'apprentie reporter.

— Inutile de nier, le berger d'Arès à qui vous avez rendu visite vous a reconnu grâce à votre photo dans le journal. Vous auriez dû conserver votre casque et vos lunettes... Vous recherchiez Odette. Enfant, vous avez séjourné à l'aérium.

Haussement d'épaules de Rigal, puis il laisse libre cours à ses souvenirs. Un médecin l'avait envoyé dans un établissement pour soigner son rachitisme. Après trois heures passées sur une charrette, il avait levé des yeux émerveillés sur un domaine posé au bord de l'eau. Il découvrait la mer, les embruns, le clapotis des vagues, les effluves de vase, les mouettes qui tournoient dans le ciel. Le monde de ses lectures se matérialisait. Une chance de réparer la plus grande injustice au monde s'offrait à lui.

— Vous avez assisté à une conversation entre Davon et le mari d'Odette Dubreuil, le jour de l'évacuation de l'aérium lorsque la guerre a éclaté en 1914. Qu'avez-vous entendu ?

Rigal pose le menton sur son poing.

— Davon venait chercher son fils. Roger était devenu un frère pour moi. Il me décrivait la vie dont je rêvais. Un monde où on ne se couche pas le soir le ventre vide, mais dans lequel on se demande quelle tenue choisir pour se rendre à une réception. Un monde où les mets se succèdent dans l'indifférence des convives. La vie est belle pour certains et j'ai décidé de changer la mienne.

— En dépouillant les autres.

Une odeur aigre a enveloppé le parloir jusqu'à devenir insupportable. Celle d'un primate ou plutôt d'un être humain réduit à l'état animal.

— J'ai d'abord recherché mon père à Paris. C'était un riche commerçant de tissus. Les bourgeoises de la capitale s'arrachaient les soieries qu'il importait. Son appartement occupait l'étage d'un immeuble près de la tour Eiffel.

— A-t-il confirmé être votre géniteur ?

— J'en ai eu l'assurance quand sa femme a poussé un cri d'horreur. Ses yeux affolés naviguaient entre une photo de mariage et moi. Mon père s'est précipité, bedonnant et au teint rougeaud. Il n'avait plus grand-chose à voir avec le jeune homme d'autrefois. J'ai réclamé un dédommagement qui me permette de mener la vie à laquelle j'avais droit. Il m'a promis de me donner de l'argent et m'a demandé de revenir le lendemain. Mais au pied de l'immeuble, la Sûreté m'attendait. On m'a tabassé, interrogé puis relâché avec interdiction de m'approcher de la famille Delage.

— Pourquoi votre mère niait-elle avoir eu une relation avec cet homme ?

— Elle a toujours été couarde, répond-il avec mépris.

— Ou peut-être cherchait-elle à vous éviter une déception.

— Il fallait que je sache… Rien ne m'aurait arrêté.

— Qu'avez-vous fait ensuite ?

Rigal raconte ce que Lavoir avait expliqué à Jeannette juste avant leur première visite : Montmartre, les vols au narcotique.

— À la sortie de la prison, j'ai été incorporé pour servir la France. J'ai déserté aussitôt et c'est à ce moment-là que j'ai changé d'identité, par nécessité. Je sympathisais avec mes proies, des hommes riches. Je les faisais parler de leur vie et après les avoir dépouillés j'usurpais leur nom. C'était grisant.

— Comme rue du Temple, où vous avez agressé quelqu'un en 23.

Le bagnard grimace à l'évocation de ce souvenir.

— Quand je suis revenu ici, je voulais montrer à Roger que j'étais devenu quelqu'un, mais il m'a éconduit vertement.

— Si vous étiez camarades, pourquoi a-t-il agi ainsi ?

— Personne ne souhaite voir resurgir le passé. Roger avait honte de notre amitié. Un soir où j'avais bu, je suis revenu devant chez lui pour avoir une explication musclée. Et quand quelqu'un est sorti de son immeuble, j'ai cru que c'était lui. Je me suis alors jeté sur le type dans le noir et j'ai frappé. Je l'ai dépouillé après avoir compris mon erreur. Au procès, le père Davon a demandé une sanction exemplaire pendant le procès et j'ai été condamné à dix ans de travaux forcés pour récidives de vol qualifié à l'aide de violences. Sans autorisation de séjour. Cela voulait dire que je ne reverrais pas le sol français. J'ai fait partie du convoi qui amorçait la reprise des transportations vers la Guyane.

— Et donc, après votre tour du monde, vous êtes revenu ici pour vous venger. Vous avez recherché Odette Dubreuil et l'avez persuadée de tuer Davon à votre place en inventant une histoire de preuves qui le mettaient en cause dans la mort d'Émile.

— Foutez le camp ! grince Rigal entre les dents.

— Pascal, aidez-moi à faire éclater la vérité.

— En m'envoyant à l'échafaud !

— Davon ne peut plus répondre de ses actes, mais on peut le montrer au monde tel qu'il était. Et personne ne sera exécuté, insiste Jeannette avec conviction.

Il semble livré à une lutte intérieure. Elle lui laisse le temps de réfléchir, mais le cliquetis des clés indique l'approche du gardien et empêche Rigal de poursuivre.

Elle se lève, soucieuse. La direction de la conversation a échappé à son contrôle.

De retour au journal, elle se remémore sa rencontre avec Roger au sanatorium de Claouey. Pascal Rigal venait d'être arrêté. Et quand Lavoir a annoncé la nouvelle, Roger a semblé soulagé, mais elle n'y avait pas prêté attention.

— J'ai trouvé un pot de peinture, dit Paul.

Elle refuse. L'odeur lui provoque des migraines et l'empêche de dormir. Alors il propose de passer dimanche – avec la perspective de manger des bigorneaux en bordure de Garonne – mais elle s'excuse.

— Qu'est-ce que tu as ?

— Du travail…

Elle se lève d'un bond et hèle Lavoir qui traverse le couloir.

— Faut qu'on parle.

— Pas le temps.

Elle l'agrippe par la manche. Et tandis qu'ils se dirigent vers la sortie, elle ignore le signe de Paul derrière la vitre. Il va devoir comprendre qu'elle est capable de mener sa vie. Seule.

Lavoir s'appuie contre le mur de la cour intérieure obligeant JR à subir un soleil de plomb.

— Je me suis souvent demandé pourquoi tu m'avais amenée voir Roger au sanatorium. J'étais dans tes pattes et tu voulais me montrer cette affaire sous le jour qui te convenait. Tu craignais que je fasse la relation entre Roger et Rigal. Et Roger, honteux de cette ancienne amitié, n'a rien dit. À la prison, pendant le déballage de la valise, tu as fait comme s'il s'agissait d'un parfait inconnu. Et Rigal a joué le jeu parce qu'il savait qu'un truc clochait. Il a du flair et il se doutait que ce grain de sable, c'était moi, ce qui arrangeait ses affaires. Mais tu t'es trahi, et je viens de le comprendre.

Lavoir la transperce de son regard qui lit dans les âmes, sûrement à la recherche de cette phrase qu'il a prononcée par mégarde. Elle pourrait lui rafraîchir la mémoire : « Tu voulais la notoriété, la voici. » Elle ne baisse pas les yeux. Il ne lui fait pas peur.

— J'ai eu une conversation très intéressante avec lui. Et je me demande ce que tu lui as fait pour qu'il te déteste autant.

— Tu t'obstines dans une fausse direction parce que tu te crois supérieure à la terre entière. Tu nous méprises comme tu méprisais ton professeur. Si tu avais un peu d'expérience et de cervelle, tu comprendrais que ce bagnard est un fauve, un déchet aux mœurs déviantes au même titre que la femme Dubreuil. La peine capitale est le seul rempart contre la contagion du crime de ces monstres prêts à satisfaire leurs plus bas instincts. Il est de notre devoir d'arrêter la progression inexorable de ces meurtres qui jettent des familles dans la douleur à jamais. Il est de notre devoir d'amputer la société de ses membres gangrenés et ma compassion va aux victimes et à leurs familles.

Il s'avance d'un pas vers elle.

— Si tu espérais me persuader d'oublier ta responsabilité dans la mort du malheureux professeur avec tes sordides accusations, c'est trop tard. L'article est sur le bureau du patron. Notre éthique nous interdit de travailler avec un reporter banni de Suisse. La décision de Louis tombera comme le couperet sur le cou de ta protégée et demain, tu n'existeras plus.

Paul arrive au pas de course.

— JR ! Vergnes veut te voir immédiatement.

— Qu'est-ce que je disais !

Elle entre, rouge et dégoulinante de sueur, dans le bureau du patron, la robe collée à son corps maigre.

— Ça ne va pas ? s'inquiète Vergnes.

Elle s'assied. Elle sait qu'il va la congédier. Et lorsque Vergnes glisse vers elle la coupure du journal suisse, elle se défend :

— Je reconnais que j'ai quitté Genève trop vite, cela me désignait comme coupable. Coupable d'avoir poussé un professeur au suicide. Je reconnais aussi avoir utilisé des moyens brutaux pour dénoncer les agissements de cet homme. Mais il était pleinement responsable de faits odieux et s'il s'est suicidé ce n'est pas ma faute, mais la sienne. Il n'a pas eu le courage de répondre de ses actes.

Vergnes se balance sur son siège en faisant la moue.

22

— Roger, si l'on dînait ensemble ce soir ?

Il lui jette un regard mauvais. Jeannette souhaite éclaircir des zones d'ombre que lui seul est capable de clarifier. Mais à son grand désespoir, elle ne peut jouer franc-jeu. Encore une fois.

— Je voudrais faire la paix… dit-elle, d'un air contrit.

Il l'avise du coin de l'œil.

— Pour cela, on devra aller en territoire neutre comme la Suisse.

Justement, en d'autres circonstances, elle aimerait qu'il l'accompagne à Genève…

— Parfait, c'est moi qui paie.

— Pas question ! Je ne suis pas un gigolo et n'entacherai pas mon honneur, réplique-t-il, faussement outré. Et c'est moi qui choisis.

— Non ! Les restaurants que tu fréquentes sont trop chers pour ma bourse.

— Comme tu voudras…

Vergnes a accepté de verser à Jeannette une avance sur salaire, suffisante pour acheter une nouvelle robe, inviter Roger au petit bistrot en bas de chez elle et prendre un billet pour Genève.

À 20 heures, lorsqu'il s'approche d'elle dans un costume d'été décontracté, ses yeux bleus brillent de joie sous un canotier incliné. Elle se demande s'ils se teintent de gris en hiver.

— Tu es trop bien vêtu pour aller ici, déclare-t-elle en montrant un établissement à la devanture qui se résume à une porte au-dessus de laquelle on lit « Les Chimères » en lettres marron.

Roger rétorque en lui offrant son bras que ce lieu ne mérite pas une aussi belle demoiselle. Elle proteste à peine tandis qu'il l'entraîne dans les ruelles.

— Pourquoi ris-tu ?

Parce qu'elle est heureuse même si ce bonheur est une étoile filante. Elle lui lâche le bras devant le restaurant en face du grand théâtre, où ils ont bu un verre avec Clotilde et sa troupe. On les installe en terrasse. Roger demande des nouvelles de Léo Obi, mais Jeannette ignore la question et choisit une soupe froide aux asperges.

— Je voulais te dire au revoir… Je prends le train demain pour Genève, déclare-t-elle en posant sa cuillère.

Le reflet des bougies dans les yeux étonnés de Roger souligne une ombre.

— Tu crois que c'est une bonne chose de partir si vite ?

— J'ai besoin de réponses pour avancer dans la vie.

— De quel genre ?

— Quand ma mère est tombée malade, mon père a refusé de l'hospitaliser malgré l'insistance du médecin. En acceptant, il lui aurait sauvé la vie. Il me doit des explications.

— Pourquoi maintenant ?

— Parce que je n'avais pas la force jusque-là.

La peine et la colère de Jeannette l'ont empêchée d'en parler pendant longtemps. La situation précaire actuelle de son père le rend vulnérable. Désormais, il ne l'impressionne plus et elle aura le courage d'entendre la vérité, aussi douloureuse soit-elle. Roger pose ses couverts.

— Les enfants voient la vie sous un angle différent de celui de leurs parents et pour divers motifs.

— Comme quoi ?

— Mon père se montrait parfois redoutable et faisait plier toutes les résistances. Il estimait que je n'étais bon à rien et il avait peut-être raison.

— C'est faux ! Et qu'en dit ta mère ?

— Disparue pendant mon séjour à l'aérium.

— Alors toi aussi tu as perdu ta mère…

— J'ai longtemps cru qu'elle était morte, mais un jour j'ai su qu'il n'en était rien.

— Comment l'as-tu découvert ?

— Mon père prétendait qu'elle reposait dans son caveau familial à Lyon. Mais je m'y suis rendu.

Il se penche au-dessus de la table et chuchote :

— Son nom n'y était pas gravé…

Jeannette ouvre de grands yeux puis attend que le serveur débarrasse les assiettes avant d'avancer une hypothèse qui lui traverse l'esprit.

— C'est peut-être elle qui a envoyé les lettres anonymes.

Le regard bleu de Roger la scrute avec intensité.

— Impossible.

— Pourquoi ?

— À cause du contenu…

— Mais, je croyais que tu n'avais pas lu ces lettres…

— Tu auras mal compris.

C'est le moment qu'elle choisit pour le confronter aux photos de l'aérium. Elle plonge une main tremblante dans son sac et dépose un cliché sur la table.

— Comme pour ta relation avec Pascal Rigal. Vous étiez inséparables. Vous êtes sur cette photo et le garçon au chapeau de paille c'est Émile Dubreuil.

— Et alors ?!

Elle couvre l'image d'une seconde, les baigneuses.

— Clotilde, Émile, Pascal et toi étiez ensemble à l'aérium. Émile a été retrouvé noyé et ton père a fait taire des rumeurs, insiste Jeannette.

— C'était un accident.

— Y as-tu assisté pour le certifier ?

— J'ai fait intervenir mon père pour que Pascal n'ait pas d'ennuis quand on a trouvé le corps, parce que les soupçons se portaient sur lui. Il était rentré de la plage avec un œil poché. Et puis merde, je n'ai pas à me justifier ! Te rends-tu compte que tu mets ma parole en doute face à celle d'un repris de justice ? Comment veux-tu que ça marche entre nous ? Je ne te reconduis pas…

Devant les billets jetés sur la table et sous les regards indignés des clients, Jeannette fixe le verre de cristal dans lequel miroite le vin qu'elle n'a pas bu. Un mot prononcé par Roger qu'elle a refoulé revient entêtant : parricide. Et une question voit le jour. La haine que nourrissait Roger pour son père l'a-t-elle poussé à le persécuter avec des lettres ?

— Je t'ai attendue toute la soirée, reproche Paul avec dépit, assis sur un bidon de peinture devant la porte de Jeannette lorsqu'elle rentre chez elle.

— On n'avait pas dit dimanche, murmure-t-elle, l'air absent.

— Qu'est-ce qui se passe ?

— Je pars à Genève demain.

Il l'accompagne à l'intérieur et pendant qu'elle prépare sa valise, elle relate son entrevue avec le patron. Elle a réussi à le convaincre de la laisser aller interroger Clotilde sur le drame de l'aérium. « Une femme parlera à une femme. » Cette phrase qui l'a plongée dans l'affaire Dubreuil lui a donné l'idée de s'intéresser à la version de Clotilde.

— Il t'accorde le droit de dépenser l'argent du journal juste pour aller parler à une femme en Suisse ?

— J'ai identifié l'aviateur et il me fait confiance pour la suite.

Elle se rend compte qu'elle s'est attribué cette découverte sans évoquer la place de Paul.

— Et depuis quand es-tu le comptable de *La Belle Garonne* ? s'énerve-t-elle.

— Ce n'est pas dans ses habitudes. Il rechigne à débourser le moindre sou.

— Si je reviens avec des éléments, il me remboursera mon billet de train. C'est une grosse affaire, Paul. On doit découvrir la vérité sur la noyade d'Émile Dubreuil si on veut que l'article fasse l'effet d'une bombe la veille du procès. Et il approche à grands pas !

L'implication de Rigal dans la mort d'Émile changerait la donne. Cela expliquerait pourquoi il n'est pas revenu voir Odette Dubreuil avec ces fameuses preuves de la culpabilité de Davon. Mais pourquoi le magistrat aurait-il pris le risque de protéger un enfant inconnu juste parce qu'il était l'ami de son fils ? Si Roger était mis hors de cause dans cette tragédie, elle serait la plus heureuse des femmes.

— Et si je t'accompagnais ? Tu vas avoir besoin d'un chevalier servant pour te protéger des brigands.

Elle saisit la boîte métallique dans laquelle elle a mis à l'abri les deux tickets de consigne restants et indique à Paul son rôle s'il se joint à elle.

10 heures du matin, le lendemain. Une sonnerie retentit puis un agent des chemins de fer crie : « Messieurs les voyageurs, en voiture ! » Deux minutes plus tard, un bruit de ferraille indique que la machine verte et trapue se met en branle. Paul s'extasie devant la modernité du wagon qui n'est autre qu'une banquette inconfortable pour Jeannette. Il vante les performances de la traction électrique du train express d'été qui permet de réduire la durée du voyage, mais pour Jeannette deux heures de moins ne transformeront pas une traversée interminable en voyage d'agrément. Elle s'étonne que Vergnes ait accepté l'absence de son journaliste sportif, même en période de trêve. Paul sait se montrer convaincant, a-t-il assuré.

Avec ses voisins de siège, il évoque un projet de ligne de chemin de fer sur le 45e parallèle qui irait jusqu'à Odessa, sur les bords de la mer noire. Il vante Bordeaux qui mériterait d'être élevée au même rang que les ports du Havre ou de Marseille. Mais les voies tortueuses qui traversent le Massif central sont un inconvénient majeur et pour répondre aux ambitions de modernité du pays il faudrait financer un nouveau tracé entre Limoges et Lyon. Les voyageurs pressent Paul de questions lorsque celui-ci indique sa profession, et les bavardages se transforment en brouhaha. Entre Périgueux et Limoges, ils ouvrent dans la joie leurs paniers de victuailles, et bientôt pain, jambon, saucisson et vin circulent de main en main.

Puis le train annonce son entrée en gare de Limoges. Paul aide une vieille dame à descendre et disparaît avec elle. Tandis que le sifflet retentit, il saute dans le wagon qui secoue sa carcasse avant de reprendre sa route. À Saint-Germain-des-Fossés, lieu de rebroussement qui permet le changement de direction vers Lyon, il disposera d'un peu plus de temps pour se rendre à la consigne. Jeannette a accepté que Paul l'accompagne à condition qu'il inspecte les casiers des gares grâce aux tickets qu'elle a retrouvés dans la doublure du gilet de Rigal.

Une forme carrée se soulève au rythme de la cage thoracique de Paul. Jeannette lui fait les gros yeux, il n'était pas censé rapporter les objets que Rigal avait mis à l'abri, il devait se contenter de les recenser. Il répond par un sourire. Il n'en fait qu'à sa tête. La vue des volcans assoupis dans un repos presque éternel détend Jeannette. Elle admire leurs vallons verdoyants. Une cathédrale perchée sur un rocher accroche son regard. Heure après heure, le train la rapproche de Genève qu'elle avait quittée précipitamment. Elle a fui tout comme son père au lieu de se battre, mais lui ne pourra revenir en France sans se livrer aux autorités. S'il avait assumé ses responsabilités, il serait peut-être libre aujourd'hui.

Une main se pose sur la sienne, elle sursaute. Paul est penché vers elle. Le compartiment s'est vidé et bientôt ils changeront de train pour un wagon-lit.

— Qu'as-tu trouvé ? lui demande-t-elle.

— De quoi nous régaler ce soir !

Paul tient sur ses genoux un paquet recouvert de papier journal et attaché par une ficelle.

— Paul ! C'est du vol.

— Après tout, c'est à cause de Rigal que tu fais ce voyage alors c'est normal qu'il participe aux frais. Et s'il reste de l'argent au retour, je le remettrai à la consigne.

Face à de tels arguments, elle s'incline.

Jeannette et Paul empruntent l'étroit couloir aux parois en accordéon qui relie les wagons du train rapide pour aller dîner. Ils passent devant une minuscule pièce où un cuisinier s'agite au milieu de ses casseroles tandis qu'un autre prépare les assiettes destinées aux clients. Ils s'installent à une table dressée de linge blanc et d'argenterie. À la lumière du lustre fonctionnant au gaz, Paul explique que la voiture-restaurant repose sur des ressorts qui amortissent les oscillations du véhicule ainsi, le vin ne tachera pas la jolie nappe. En dégustant un turbot sauce crevette qui succède à un consommé printanier et qui précédera un filet de caneton rôti, Jeannette demande à Paul d'où il tire toutes ses connaissances sur le chemin de fer. Il répond humblement qu'il a une bonne mémoire. Mais elle découvre que la technologie le passionne et que s'il n'avait pas été journaliste sportif, il aurait sûrement embrassé une carrière de vieux cheminot. Elle rit en soufflant la fumée de sa cigarette vers lui.

À Saint-Germain-des-Fossés, Jeannette accompagne Paul à la consigne. Le préposé sort un sac de voyage usé à la corde. Lorsqu'ils l'ouvrent, leur bouche est aussi arrondie que leurs yeux, plus surpris que s'ils avaient trouvé un million. Mais le train siffle déjà. Jeannette se précipite vers leur wagon. Paul se charge de remettre la besace en place.

Elle n'avait pas pensé au moment où ils se retrouveraient dans l'espace clos d'un wagon-lit, situation autrement gênante que dormir ensemble à la belle étoile. Paul attend à la porte du compartiment le temps que Jeannette se prépare pour la nuit.

Tandis que le ronronnement du train berce les voyageurs, elle demande à Paul ce que contiennent les fioles de verre trouvées à la consigne de Saint-Germain-des-Fossés.

— Il y a plusieurs possibilités : de l'éther, de la morphine ou de la cocaïne.

— Le gentleman cambrioleur… murmure-t-elle en se remémorant un article de Lavoir.

— Il n'y a rien de romanesque dans le fait d'endormir sa proie et d'abuser d'elle.

Une question la tourmente, car deux des cannelures servant de logement aux petits flacons étaient vides dans l'écrin rouge. À qui étaient destinées les doses manquantes ?

Puis elle ferme les yeux en pensant à la douceur de la main de Paul sur la sienne.

23

Paul affiche sa consternation devant la taille de la gare de Cornavin, sous-dimensionnée pour une ville internationale. Idéalisme et déception vont de pair, le raille Jeannette.

— Regarde, c'est Clotilde sur cette affiche ! Elle joue une nouvelle pièce dans un théâtre à côté de l'université !

— Sens-tu ? demande-t-il, les poumons remplis de l'air helvétique.

Jeannette, le nez au vent, secoue la tête.

— La paix. Nous sommes dans la capitale de la paix, l'air y est neutre.

— C'est celui de la montagne, pouffe Jeannette, le bras pointé vers l'horizon.

— Le Mont-Blanc...

La tante Julia de Jeannette fait partie du pôle des bibliothécaires qui fournit documentations politiques et techniques aux diplomates et fonctionnaires de la Société des nations. Rigueur, méthode et exigence sont inscrites dans ses gènes. Son épaisse mèche en travers du front baisse le rideau et la fourrure de l'encolure de sa robe frémit d'effroi devant sa nièce et son compagnon.

— Mon Dieu ! Que t'est-il arrivé ?

Jeannette, déroutée par l'accueil avare d'effusion de Julia, tire sur les pans de sa jupe soumise à une traversée de la France et passe une main dans ses cheveux en désordre.

— Le voyage a été long.

Elle surprend le signe du menton de Julia adressé à Paul qui, au lieu de se présenter, se contente d'incliner la tête.

— Paul, un ami…

— Il fait quoi dans la vie ? s'enquit Julia, déterminée à sonder le visiteur avant de lui accorder un brin de confiance.

Elle valide la réponse de Paul d'un rictus, et lui recommande un hôtel fréquenté par des fonctionnaires européens – second niveau d'évaluation des ressources du compagnon de sa nièce –, cher, très cher. Mais Paul ne s'inquiète pas, il reste de l'argent dans la liasse de Rigal.

— Tu es négligée et trop maigre, commente-t-elle, une fois la porte refermée.

Mais Jeannette n'y prête pas attention, heureuse de retrouver son refuge. Un tapis cossu couvre le plancher de la pièce principale, le mur du fond disparaît derrière une vaste bibliothèque remplie de livres ordonnés selon les tailles, couleurs et matières. Et son cher fauteuil qui lui tend les bras !

Une question brûle les lèvres de Jeannette tandis que Paul occupe le devant de la scène avec le récit de leur voyage. Julia s'extasie maintenant.

— Quel charmant jeune homme ! ronronne-t-elle.

— Qui ronfle, réplique Jeannette, agacée.

Julia les considère tour à tour.

— Il m'a empêchée de dormir toute la nuit.

Il se défend avec amusement : sans l'insistance de Jeannette, il serait resté dans le couloir. Tante Julia ouvre si grand la bouche qu'on pourrait compter ses dents.

— Tu as invité un homme dans ton wagon…

— Et je le regrette. C'est ta lettre qui m'amène, pas Paul.

Julia, en proie à un dilemme intérieur, se résigne malgré son inquiétude à propos de l'honneur de sa nièce.

— Ton père n'est plus le même depuis son accident d'automobile. Il avait l'intention de se rendre à la police, mais un traumatisme a embrouillé ses pensées et il s'est enfui.

— Je sais ! Où est-il ?

— Une affaire urgente l'appelait à Bergame. Il sera de retour ce soir, il tient tellement à te retrouver.

Paul s'efforce de calmer Jeannette sur le trajet de l'hôtel, mais c'est la chambre de luxe avec dorures, fleurs et vue sur le lac Léman qui vaincra son humeur. Merci Rigal.

— Tu peux prendre un bain, propose-t-il.

— Pas le temps, je dois trouver Léo si je veux rencontrer Clotilde avant de repartir.

— Une demi-heure, ce n'est pas la mer à boire ou devrais-je dire : le lac à boire.

— Je t'attends en bas, dit-elle en baissant la tête.

— Jeannette…

Elle n'entend pas la suite de la phrase, elle est déjà dans le couloir.

Un peu plus tard. Léo Obi explique à une actrice que son monologue doit déclencher une vive émotion dans le public tandis que Jeannette et Paul s'asseyent dans la salle. Jeannette remarque aussitôt Clotilde dans la maigre assistance. Elle pousse Paul du coude dont l'humeur s'est assombrie.

— C'est elle…

À la fin de la répétition, Jeannette se jette dans les bras de son professeur sous le regard irrité de Paul.

— Ne vous offusquez pas, jeune homme, notre relation est purement platonique.

À l'heure du déjeuner, ils se retrouvent tous les quatre dans un restaurant prisé des artistes et des étudiants. Paul refuse délibérément de participer aux conversations et répond de façon laconique ce qui lui vaut des coups de pied sous la table. À la sortie, Léo offre son bras à sa chère Jeannette et murmure :

— Qu'est-ce que tu lui trouves ?

Elle rit aux éclats.

— C'est un ami, Léo, rien de plus.

— En es-tu sûre ?

Alors que Léo rejoint sa troupe, Jeannette retient Clotilde.

— Où pouvons-nous parler ?

Clotilde l'entraîne dans une salle à l'écart de l'agitation du théâtre. Paul, toujours de méchante humeur, les suit.

À force de regarder le vieux coffret métallique de Rigal posé sur sa table de nuit, et émettre toutes sortes d'hypothèses autour de Lavoir, Jeannette s'est retrouvée dans une impasse. Mais depuis qu'elle sait que Rigal, Roger, Émile et Clotilde ont été étroitement liés pendant leur enfance, elle est arrivée à la conclusion que cette boîte ne pouvait appartenir qu'à une fille. Elle espère ne pas se tromper… Quand elle la sort d'un sac de jute qui l'accompagne depuis son départ de Bordeaux, Clotilde ne peut réprimer un mouvement de recul comme si un mauvais génie s'échappait de sa lampe. Jeannette a gagné son pari.

24

Les mots de Clotilde transportent Jeannette au cœur de l'année 1914 sous les pins de l'aérium. La scène se déroule sous ses yeux comme sur un écran de cinéma.

— Quel est ton secret, Pierre-qui-roule ? demande Clotilde au garçon assis à sa droite.

Elle donne des surnoms à tous ceux qu'elle aime ou presque.

— Si c'est un secret, je ne peux pas te le révéler, répond Pascal-Pierre sans la regarder.

Elle acquiesce.

— Quel est ton secret, Roger-le-rocher ?

— Je n'en ai pas.

— Faux ! Tout le monde en a un. Alors, réponds !

Les joues en feu, Roger tourne la tête vers l'aérium et murmure :

— Je ne pourrai que l'écrire. Les mots refuseront de sortir de ma bouche.

La jeune Clotilde semble satisfaite.

Quelques jours plus tard, les trois enfants, assis en cercle sur le sol du parc de l'aérium jonché d'aiguilles de pin, chuchotent lorsque la boîte sur laquelle ils étaient penchés est projetée à quelques mètres d'eux. Pascal-Pierre bondit et se jette sur le responsable, Émile, le fils du jardinier. Après une lutte sans merci, Émile capitule et s'enfuit à toutes jambes.

— Pascal-Pierre, tu es le héros du moment, proclame Clotilde.

Roger se renfrogne. Puis les trois amis retournent à leur activité.

— Nous enfermerons nos secrets dans ce coffret.

Clotilde regarde à la ronde.

— Lorsqu'il aura été consacré, ses pouvoirs magiques s'éveilleront. À ce moment-là, nos trois secrets s'entremêleront et n'en feront qu'un.

Clotilde regarde ses deux serviteurs tour à tour. Elle s'empare d'abord de la main de Roger à sa gauche puis de celle de Pascal-Pierre à sa droite avant de déclarer :

— Ainsi, nous serons unis à jamais et le miracle aura lieu.

— Un miracle, reprennent en chœur les deux garçons émus.

— Le plus grand miracle jamais réalisé, proclame Clotilde en levant les bras au ciel.

— Ça alors, réplique Roger subjugué.

— Cette boîte ne devra jamais être ouverte. Au grand jamais ! tonne Clotilde, la voix étranglée. Sinon la plus grande catastrophe de tous les temps se produira.

— Des conneries, rétorque Pascal-Pierre.

— Si c'est des conneries comme tu dis, alors tu dégages !

— Pardon Clotilde…

— Dégage ! hurle-t-elle.

Pendant plusieurs jours, Pascal-Pierre cherche à se faire pardonner face à l'impitoyable Clotilde. Puis vient le moment de préparer la commémoration de la mort du père de la fondatrice de l'aérium. Chaque année, l'événement transforme l'établissement en ruche. Ils se recueilleront auprès d'un mausolée érigé, dans la forêt de la Sausouze, sur les lieux de la chute du cavalier, en ses terres.

Clotilde convoque les garçons.

— C'est pour bientôt.

Pascal-Pierre souffle de soulagement. Il n'est donc pas banni du cœur de sa princesse.

— Écrivez votre secret dans le noir, cette nuit.

Devant l'incrédulité de ses deux amis, elle explique avec agacement que personne ne doit lire ce secret, pas même eux. C'est la première des conditions. Pour remplir la deuxième, ils doivent déposer leurs papiers ensemble dans le coffret, puis Clotilde le verrouillera à l'aide d'une petite clé qu'elle sort d'une poche de sa jupe.

— Vous connaissez la troisième, n'est-ce pas ?

Roger grimace. Pascal-Pierre lance son regard vide, celui destiné à éviter les ennuis.

— Qu'est-ce que je vous ai dit ? Vous ne m'écoutez donc jamais !

Clotilde secoue la tête de manière inquiétante et de plus en plus vite. Elle s'arrête au contact de la main hésitante de Pascal-Pierre sur son bras, puis reprend :

— Consacrée… Cela veut dire qu'elle doit être bénite par un prêtre.

— Et si l'on priait simplement. Les psaumes que l'on réciterait pourraient suffire, risque Roger.

Clotilde se tourne vers Pascal-Pierre.

— Pour recevoir mon pardon, tu devras remplir la troisième condition.

La gorge du garçon au regard noir se contracte si fort qu'une douleur paralyse son cou. Le corps pétrifié, l'esprit vide, il ferme les yeux en signe de soumission.

— Tu devras te rendre sur les lieux de la commémoration avant le cortège.

Il acquiesce.

— Tu cacheras ceci au pied du mausolée.

Il cille. Il voudrait demander au-devant de quelle catastrophe ils courent s'il échoue dans sa mission, mais il se tait.

Le grand jour arrive un matin d'été. Le soleil baigne la forêt d'une lumière irréelle. Clotilde a confectionné des couronnes de feuilles de chêne retenues par des aiguilles de pin que les filles ont fichées sur leurs têtes. Sur le chemin chaotique, le prêtre, encensoir à la main et escorté de deux enfants de chœur, murmure des prières ; juste derrière la digne fondatrice et sa famille, vêtues de noir, avancent en silence. Les plus jeunes trépignent d'impatience dans la charrette et sous le regard réprobateur des sœurs. En queue, les plus grands se donnent des coups de pied dans les jambes. Roger s'est perdu dans la masse tandis que Pascal-Pierre clôture la procession, le coffret dissimulé sous sa veste. Soudain, avec l'agilité d'un chevreuil, il fond sur la droite et disparaît dans la forêt de pins. Il prie déjà, mains jointes et tête baissée, quand le cortège s'arrête au pied du mausolée.

À la satisfaction de Clotilde, tout s'est parfaitement déroulé. Il ne reste plus qu'à attendre la réalisation du miracle.

— Combien de temps ? questionne Roger.

— Il doit faire son œuvre, répond Clotilde, la mine grave.

— Quel genre de miracle ? insiste-t-il.

— Nous le découvrirons le moment venu.

En été, un drame se produit, un hurlement déchire l'air. Les mouettes s'élancent dans le ciel. Les écureuils fuient vers les cimes des pins. Les sœurs accourent. Clotilde tremble de tout son corps devant une boîte ouverte et vide sous le chêne au pied duquel elle a l'habitude de lire. Pascal-Pierre blêmit.

— Salaud ! Je savais qu'on ne pouvait pas te faire confiance, rugit Roger en se précipitant sur lui.

La vague de griefs mutuels des deux garçons qui se disputent le cœur de Clotilde déferle avec violence. Les sœurs font appel au jardinier pour séparer les deux fauves.

25

— En vérité, souligne Clotilde à la fin de son récit, la faute revenait à Émile. Il a surpris Pascal qui dissimulait le coffret au pied du mausolée. Et quand je l'ai vu abandonné près du pin où je lisais, ça m'a terrorisée. La guerre venait d'éclater et j'ai pensé avec effroi que nous étions responsables de cette terrible catastrophe. Nous devions réparer le sacrilège au plus tôt afin que notre pays retrouve la paix et que nos vœux se réalisent. Émile nous a raillés, il se vantait d'avoir découvert nos secrets. Pascal est devenu enragé et les proportions de cet incident nous ont échappé.

Jeannette et Paul échangent un regard.

— Que s'est-il passé ensuite ? la presse Jeannette.

— Nous allions rentrer chez nous. Il fallait agir. Pascal a fait le nécessaire…

Clotilde essuie une larme d'une caresse sur sa joue.

— Je me sens responsable de la mort de ce pauvre Émile.

— Vous n'étiez que des enfants, la rassure Jeannette.

— Après la découverte du cadavre d'Émile, son père était persuadé qu'on l'avait tué. Il voyait des traces sur le sable, laissées par un corps traîné jusqu'à l'eau. L'œil au beurre noir de Pascal le désignait. Quand Bernard Davon est venu nous chercher, il a calmé le jardinier. Le médecin a certifié qu'Émile, désorienté, avait rampé et s'était noyé. C'est comme ça que Pascal a échappé aux sanctions.

Clotilde affirme ignorer tout de sa condamnation au bagne et de son évasion. Pourtant, lors du dîner avec Roger, elle avait pressé Jeannette de questions pour tout savoir sur le forçat.

— Comment se fait-il que Pascal détienne cette boîte si elle t'appartient ?

— Je l'avais oubliée à l'aérium. Je ne te remercierai jamais assez de me l'avoir rapportée. Je ne pensais pas la revoir un jour…

Jeannette fixe le vieux coffret sur ses genoux. Clotilde tend une main tremblante. Tout ce qui rattache Pascal Rigal à son passé tient dans cet objet. Jeannette hésite, elle regarde Paul qui lève les sourcils, puis elle le rend à Clotilde. Jeannette demande à rencontrer la mère de Clotilde parce que la personnalité ambivalente de Bernard Davon la fascine.

Paul retourne à l'hôtel tandis que Jeannette accompagne Clotilde. Reine Torres habite dans un petit appartement derrière la gare de Cornavin, côté lac.

On pourrait prendre Reine pour la sœur aînée de Clotilde tant elle paraît jeune et que les deux femmes se ressemblent. Elle écoute sa fille, le regard posé sur le livre qu'elle lisait.

— Ma chérie, si tu nous préparais du thé ?

Après une gorgée sucrée, Jeannette interroge Reine sur le genre d'homme qu'était Bernard Davon.

D'une voix aux inflexions similaires à celle de Clotilde, elle réagit par une question :

— Êtes-vous amoureuse ?

Jeannette ne peut pas répondre. Elle sait que son cœur bondit dès qu'elle voit Roger. Elle secoue la tête.

— J'avais presque votre âge. C'était à l'automne 1898. Bernard venait d'apprendre que son père le destinait à épouser un beau parti lyonnais qui ferait prospérer leur fortune familiale. Mais il était très amoureux de moi et voulait que l'on s'enfuie tous les deux à Bordeaux où il ouvrirait un cabinet d'avocat. Il y avait hérité d'un immeuble de son oncle.

Reine prend son livre entre les mains et en caresse la couverture.

— À cette époque, j'étais d'une nature enflammée. J'avais trouvé dans l'anarchie le moyen d'exister, d'espérer une vie meilleure. Mes propos dépassaient bien souvent mes pensées. Quand je lançais que l'anarchie est l'ordre et le néant pour les gouvernements ou encore que le peuple n'a rien à attendre des partis politiques, Bernard riait et il répondait que je changerais une fois que nous serions mariés.

Le regard brillant de Reine sonde celui de sa visiteuse.

— Ses certitudes m'effrayaient. À quoi aurait ressemblé ma vie si j'avais oublié qui j'étais ? Pourtant j'ai failli capituler quand il a affirmé qu'on se rejoignait sur le front des idéaux ; moi du côté du peuple et lui, des victimes. Mais j'ai tenu bon.

Un an plus tard, Reine vivait avec Lucien Torres. De leur union est née Clotilde. Lucien est devenu un des hommes les plus dangereux de France à la tête d'une bande d'anarchistes. Sa mort en 1913 a déchaîné les passions. Poursuivie par la presse pendant le procès de ses complices, Reine s'est tournée vers la seule personne qui pouvait l'aider. Bernard a immédiatement pris les choses en main. Il a envoyé Roger et Clotilde dans un aérium réservé aux familles nécessiteuses, grâce à ses relations. Ensuite, il a loué une chambre dans un petit hôtel proche de chez lui avec l'intention de rattraper le temps perdu. Il a juré qu'elle ne lui échapperait pas une seconde fois. C'était sans compter avec la guerre, Reine a décidé de s'établir en Suisse où son frère travaillait dans une fabrique de chaussures. Bernard l'a suppliée en vain. Résigné, il a organisé le voyage et pour prouver son attachement à Reine, il a acheté l'appartement dans lequel il l'a installée pour en faire leur nid d'amour, mais là encore rien ne s'est passé comme prévu. Ils ne se sont jamais revus.

La mère de Roger a disparu au moment où Reine resurgissait dans la vie de son père. Bernard Davon s'est-il débarrassé de sa femme, comme affirmé par Roger ? Mais qu'est-elle devenue ?

Lorsque Jeannette ouvre la porte de l'appartement de Julia, des éclats de rire s'échappent du salon. Son cœur rate un battement, elle croit défaillir.

Léo ? Jeannette ne dissimule ni sa déception ni sa contrariété, le menton sur la poitrine et les bras croisés dans le vieux fauteuil où elle révisait ses cours, lovée comme un vieux chat, face à la fenêtre. Julia lui reproche d'avoir perdu ses bonnes manières et annonce que son gentil professeur se joindra au dîner. Paul, arrivé avant Jeannette, saisit l'occasion pour s'excuser. Un long voyage les attend demain.

— Allons, allons, vous faites un peu partie de la famille maintenant que vous avez couché avec ma nièce.

Une gorgée de porto arrache une toux à Léo sous le regard narquois de Paul.

— Tante Julia ! On a dormi dans le même compartiment, c'est tout, s'exclame Jeannette.

— C'est tout ? De mon temps, ce journaliste aurait demandé ta main sur-le-champ. Tout se perd... Allez, quand il y en a pour quatre, y en a pour cinq !

Résigné, mais contrarié Paul accepte. La place d'Alain Routier est vide lorsque Julia sert les filets de féra, le sera au dessert et le restera tandis que Jeannette se réinstallera dans son fauteuil avec le secret espoir que l'ouverture de la porte la réveille.

26

Le train siffle le départ. Paul prend la main de Jeannette. Il essuie une larme sur sa joue et murmure dans ses cheveux. Elle hoche la tête, elle veut y croire, mais rentre à Bordeaux sans réponse.

À Saint-Germain-des-Fossés, Paul est descendu du wagon pour acheter les journaux du matin. Il revient, la mine défaite. Il tend un exemplaire à Jeannette. Elle blêmit. Les yeux embués, elle l'interroge du regard. Même une sur tous les quotidiens. Une lettre ouverte au gouvernement réclame un arrêt des grâces systématiques des femmes. L'exécution des peines doit faire abstraction du sexe du criminel. S'ensuit une énumération scrupuleuse des condamnées à mort depuis 1887. Toutes graciées. L'article souligne l'affaire d'un couple d'empoisonneurs bordelais. La responsabilité du comportement sournois de l'épouse a été limitée au champ de la complicité. Le mari, supplicié. Puis la parole est donnée au bourreau. Il rappelle que son travail est d'exécuter les sentences et mène à l'échafaud ceux qui doivent expier leur peine.

« S'attaquer à un magistrat, c'est s'en prendre à la République. C'est aussi troubler l'ordre public et attaquer la sécurité du pays. Si un homme assassine un magistrat, il sera exécuté, pourquoi une femme devrait-elle être graciée ? »

Le signataire ne mentionne à aucun moment l'objet de la requête : Odette Dubreuil. Comme il l'a ignorée dans tous ses articles depuis le début de cette affaire.

— Le salaud, murmure Jeannette entre ses dents. Elle va mourir.

Les larmes coulent sans qu'elle cherche à les retenir. Lavoir l'a devancée pour ruiner l'effet de son papier qu'elle voulait sortir juste avant le procès. Elle plonge son regard dans celui de Paul à la recherche d'un ultime espoir.

— Et si tu retournais voir Odette ? Un détail peut tout changer.

Elle dit non de la tête. Elle repousse le mouvement d'affection de Paul et s'enfonce dans son siège.

À quoi bon tous ces efforts ? Et à quoi a servi ce voyage ? Limoges, le train s'arrête. Les gares, les consignes... Pourquoi Rigal a-t-il dispersé ses butins entre Genève et Bordeaux ? Qu'est-ce qui l'avait attiré en Suisse ? Et la réponse devient une évidence. Clotilde. Mais Rigal n'a pas dû la trouver. Il comptait sûrement lui restituer la boîte à secrets... Elle sursaute. Paul s'inquiète.

— Oh, non !

Tout le monde sait qu'il y a un compartiment caché dans les boîtes à secrets sinon, à quoi serviraient-elles ?

À la gare de Bordeaux, Jeannette retrouve les mêmes rails, emprunte le même passage, se dirige vers la même gare que ce jour où elle est arrivée, remplie d'espoir. Elle aspirait à interviewer des athlètes sur leurs performances ; mener une vie calme et oublier ses déboires de Genève. Aujourd'hui n'existe pas sans hier même si cette épreuve devient un point minuscule – comme sur le plan accroché dans le bureau de Perchet – à côté des tourments qu'elle a vécus depuis. Elle ne sait pas encore qu'elle en ressort grandie. Elle lève la tête. Elle fait partie de ce monde où pour trouver sa place il faut se battre au lieu de fuir. Cependant sa colère enfle avec la frustration.

— J'ai l'impression que tu n'aimes pas Léo.

— Il abuse de son emprise en faisant miroiter à ses aspirants artistes un avenir glorieux et aussitôt après il les descend en flèche.

— Il est très exigeant.

— Non, c'est un prétentieux.

En regardant Paul s'éloigner, elle pense à Reine Torres qui n'a jamais regretté ses choix. Et aussi à Odette dont la vie tient à un fil. Tous les éléments jouent en sa défaveur : le milieu de la prostitution, la préméditation de son acte, le statut de la victime. Jusqu'à l'arme inhabituelle – les femmes empoisonnent – et le nombre de coups identique à l'âge de son fils. Rien n'a été laissé au hasard. La justice suivra son cours et la sentence exécutée. Tout concourt à penser que la grâce systématique pour les femmes prendra fin avec cette affaire. Jeannette songe à la brume matinale. Comment supporter un tel supplice ? Un tel échec…

L'immense vide qu'elle ressent s'évanouit en franchissant la porte de la rédaction.

— Réunion exceptionnelle ! crie Roger.

Les autres reporters sont installés autour de la table lorsque Jeannette se présente. Aussitôt, le patron déclare :

— Cette réunion sera différente. J'ai devant moi une lettre ouverte au gouvernement, diffusée dans la plupart des journaux de France sauf le nôtre puisque son auteur s'est bien gardé de me la soumettre. En agissant de la sorte, il a trahi vingt ans d'amitié.

Vergnes se tord les mains. Son débit est lent, chaque mot du discours, pesé, analysé, évalué.

— Nourris des mêmes rêves de modernité, nous avons fait nos armes ensemble. Mais je n'ai pas vu à quel point nos chemins se sont écartés. Sans doute ai-je fermé les yeux sur des pratiques dont je tirais bénéfice.

Ventes à la hausse et notoriété grandissante, pense Jeannette.

— Au fil des années, cet homme s'est senti investi d'une mission. Il a enfilé un manteau qui n'était pas le sien – celui de la République – en aiguisant la haine du public envers les assassins et leur famille.

Roger et Jeannette échangent un long regard. Paul trépigne sur sa chaise. Vergnes marque une pause en fermant les yeux puis reprend plus calmement :

— La peine de mort revêtait sous sa plume un caractère d'exemplarité, un rempart contre la contagion du crime.

Vergnes a prononcé cette dernière phrase dans un souffle.

— Dans mon journal. Non. Dans notre journal, parce qu'il s'agit aussi du vôtre, messieurs, celui pour lequel chacun d'entre vous écrit avec le sang de son cœur, il a déclaré qu'en refusant de se salir les mains, on condamne à mort des victimes. On produit des veuves et des orphelins.

Le patron se tourne vers Roger.

— Défendre la société par l'élimination. Laisser la sensiblerie, les états d'âme et les vues d'esprits aux intellectuels des beaux salons. Ces mots lui appartiennent.

Jeannette lit sur le visage de Vergnes toute la tristesse du monde.

— Aujourd'hui, son discours prend une tout autre dimension. L'escalade est en route. Bordeaux est sur le point de rouvrir la sinistre série des exécutions des femmes. Qui peut enrayer cette machine infernale ? Des milliers d'exemplaires sont distribués d'est en ouest et du nord au sud réclamant une tête.

Après une pause, il met en garde son équipe :

— N'oubliez jamais les raisons pour lesquelles vous faites ce métier.

Paul s'inquiète de l'absence de Lavoir. Il devrait être ici pour répondre.

— Antonin s'est effondré dans mon bureau hier, victime d'un malaise, conduit d'urgence à l'hôpital Saint-André. Son état est malheureusement alarmant.

Un brouhaha de stupéfaction s'élève dans la salle. Vergnes demande le silence, puis reprend.

— Le seul moyen d'empêcher notre ville de s'inscrire dans l'histoire noire de ce pays est de trouver des éléments qui permettront à la femme Dubreuil d'échapper à la sentence suprême.

Le patron se tourne vers Jeannette, le regard sombre.

— Il ne s'agit plus de faire un éclat avant l'ouverture du procès, ni d'ailleurs d'en faire une affaire personnelle… La possibilité aux jurés de réclamer la peine de mort doit être écartée, et ce pour l'honneur de la ville. Je ne vous cacherai pas que les avocats de la femme Dubreuil sont très pessimistes. Jeannette, dans mon bureau.

L'heure du bilan…

Roger est au chevet de Lavoir. Paul suit les préparatifs d'une course à pied. Et Jeannette, plus inquiète que jamais, marche vers la prison du Hâ.

Joseph l'accueille avec un enthousiasme surprenant.

— Mam'zelle Jeannette ! Comme je suis content de vous revoir. On vient d'apprendre que Lucas, le comparse de Rigal s'est fait serrer à Paris.

— Il était en cavale, lui aussi ?

— Ouais.

— Si vous voulez des informations pour vos enquêtes, affirme Joseph en pointant deux doigts sur sa poitrine et en souriant de toutes ses dents, de celles qu'il lui restait.

— De quoi parlez-vous ?

— On peut vous aider. J'ai lu l'article d'Antonin sur l'évasion de notre bagnard, et on est tous les deux d'accord.

— C'est du baratin, tout ce que vous a raconté Rigal, renchérit le balayeur.

— Antonin n'est plus comme avant, soupire Joseph. À une époque, on disait qu'il lisait dans le miroir des âmes. Aujourd'hui, le miroir est fêlé, pas vrai Octave ?

Octave, appuyé sur son outil, acquiesce vigoureusement de la tête.

— Ce serait vexant pour Antonin de vous entendre, remarque Jeannette.

Mais Joseph suit son idée :

— Pour vous aider, avec Octave on a décidé de creuser. J'ai contacté mon beau-frère qui travaille à Saint-Martin-de-Ré. Il reçoit les listes des évadés du bagne. Après vérification, il s'est avéré que Rigal s'est enfui de Guyane avec quatre autres prisonniers et parmi eux : Lucas.

— Un jour ou l'autre, ils reviennent au pays, et hop, on les attrape, ajoute Octave toujours appuyé sur son balai.

— Ça devrait vous être utile pour votre enquête, hein ?

— Oui, c'est possible. Merci Joseph.

— En parlant de remerciements, vous pourriez citer nos noms dans votre article, ça nous ferait plaisir, pas vrai Octave ?

— Sûr, et ça redorerait notre blason que le torchon parisien a terni.

— Assez bavardé, vous venez pour qui aujourd'hui ?

— Rigal.

27

Les yeux de Rigal sont cerclés de profonds cernes, ses lèvres décolorées tremblent et les os saillent sous ses pommettes. Jeannette réprime un élan de compassion, elle ne doit pas se laisser éloigner de son objectif du moment.

— J'ai refait votre voyage en train entre Genève et Bordeaux.

Les paupières plissées, il ne réagit pas.

— Vous avez déployé la même énergie pour retrouver Clotilde Torres que pour Odette Dubreuil.

Elle l'épargne en s'abstenant de rajouter : « Ou encore pour votre père. »

— Comment avez-vous su que Clotilde habitait en Suisse ?

La bouche de Rigal se tord en une grimace comme sous le coup d'une effroyable douleur.

— J'ai rencontré son parrain au bagne, un ami de sa mère. Lucas…

— Pourquoi recherchiez-vous Clotilde ?

— C'est la faute de votre chef.

Lavoir ! Une manœuvre de diversion…

— S'il m'avait écouté en 23, je n'aurais pas eu besoin de Clotilde. Il était encore temps de faire éclater la vérité. Je lui ai apporté une affaire en or, mais il n'a pas bougé, le salaud !

Le cœur de Jeannette s'accélère. Rigal détient-il vraiment de quoi mettre Lavoir sur la touche ?

— Quelle affaire ?

— En 14 à la plage de l'aérium, un jour je me suis bagarré avec Émile. La dispute portait sur le coffret de Clotilde. Émile s'est assommé sur une pierre en tombant. Roger est arrivé à ce moment-là et m'a ordonné de finir le boulot. Comme j'étais incapable de réagir, il a attrapé Émile par les bras et l'a tiré jusqu'à l'eau.

Pourtant, les versions de Roger et Clotilde l'accusent. Jeannette lève un sourcil perplexe.

— Je suis rentré avec un énorme coquard et Roger a clamé à qui voulait l'entendre que je m'étais battu avec Émile Dubreuil. J'ai été convoqué par la directrice aussitôt qu'on a découvert le corps. Le jardinier et Davon étaient là eux aussi. Et face à leurs récriminations, je me suis défendu en disant la vérité !

— D'après les conclusions du médecin, Émile aurait rampé jusqu'à l'eau. Pourquoi aurait-il menti ?

— Vous êtes d'une naïveté déconcertante. Davon lui a dicté sa version des faits afin que son fils ne soit pas inquiété.

— Je ne peux pas croire que ce médecin ait fait de fausses déclarations.

— Pourtant c'est la vérité. Les enfants devaient rentrer dans leurs foyers. C'était la guerre et les adultes avaient de bien plus graves préoccupations. Alors Davon en a profité pour faire expédier l'affaire.

Cliquetis des chaînes. Rigal passe une main sur son front en sueur.

— Pourquoi avoir demandé à Lavoir de ressortir cette vieille histoire ?

— En 23, en revenant à Bordeaux, j'ai rencontré Roger près de la gare. J'ai exigé de l'argent en échange de mon silence. Il n'y avait pas encore prescription et il aurait pu être jugé. Il m'a traité de minable, que personne ne me croirait. Alors j'ai contacté ce journaliste qui m'a promis de mener une enquête. Comme rien ne se passait, j'ai fait justice moi-même, mais ma méprise m'a envoyé au bagne.

Jeannette redoutait l'arrivée de cet instant, ce qui rendait la version de Rigal plausible. Davon aurait mis sa carrière en jeu pour son fils. Mais pourquoi croirait-elle cette version plutôt que celle de Roger et Clotilde ?

— À Genève, avez-vous parlé à Clotilde ?

La visite est terminée et Rigal s'éloigne sans répondre.

— Hors de ma vue, chienne ! T'as reniflé un vieil os à ronger. Sors de ma maison ! vocifère Lavoir.

— Calme-toi. Tu es à l'hôpital.

— L'hôpital ?

Jeannette lui rappelle qu'un malaise l'a terrassé, mais passe sous silence que c'est la conséquence de son altercation avec Vergnes au sujet de la lettre ouverte.

— Le docteur est optimiste, tu vas t'en remettre.

— Roger… gémit-il.

Jeannette le rassure, il était à son chevet quelques minutes plus tôt. Justement, elle s'attendait à le trouver dans la chambre. Lavoir essaie de s'asseoir et aussitôt son visage blêmit. Vaincu, il se laisse tomber sur les oreillers. Elle se penche vers lui.

— En 23, Rigal est venu te voir pour une affaire que Davon avait soigneusement étouffée. Il t'a demandé de faire éclater la vérité sur la mort d'Émile Dubreuil, le fils de la meurtrière dont tu refuses de prononcer le nom.

— Ce n'est qu'un baratineur. Je n'ai jamais cru à son histoire.

— Pourtant, une chance que tu ne pouvais pas laisser passer se présentait à toi. Je te vois très bien rendre visite à Davon et négocier ton silence contre l'ouverture des portes de la Justice. Ton rêve de toujours allait se réaliser : devenir le journaliste le plus lu et le plus respecté de la région.

Lavoir se cramponne aux draps et serre les dents. Un éclair zèbre le ciel puis les murs tremblent sous un grondement. La pluie se met à percuter la fenêtre entrebâillée et aussitôt une fraîcheur rédemptrice pénètre dans la chambre. Les voisins de lit s'animent. Lavoir tire sur les pans de sa chemise pour cacher le haut de ses cuisses. Les pointes des cheveux de Jeannette s'agitent sur ses joues creusées. Il s'enfonce dans son oreiller.

— Mais vous n'allez pas en rester là parce que vous vous rejoignez dans la même idée de la justice. Et votre objectif commun devient la condamnation à mort des prisonniers. Pendant les procès, je t'imagine faire facilement pression sur des jurés pour balayer leurs réticences. Vous aviez réussi l'exploit de dîner en secret avec le bourreau. Mais il t'en fallait plus, et tu t'es associé à la ligue fantôme qui mène des actions punitives envers les familles des accusés.

— Elle manquait d'organisation…

— Le seul qui pouvait te faire perdre ta poule aux œufs d'or était Roger parce qu'il détestait son père. Alors tu l'as terrorisé avec des histoires de parricides. Mais Roger a trouvé une façon d'atteindre son père sans être inquiété : envoyer des lettres anonymes. Tu connaissais l'identité du corbeau dès le premier jour. Tu as même escaladé les toits pour les récupérer.

Une nouvelle fois, les grondements de l'orage secouent les murs de l'hôpital.

— Tu refusais de citer le nom d'Odette Dubreuil dans tes articles pour éviter un rapprochement avec la mort de son fils à l'aérium. Mais je ne comprends pas ce que tu redoutais puisqu'il y a prescription depuis cinq ans. Roger ne peut plus être condamné.

— Scandale et déshonneur, ces mots ont-ils un sens pour toi ? J'aurais tout perdu. J'ai envoyé Roger au sanatorium pour l'éloigner, mais dès qu'il a su que Rigal avait été repris il s'est senti libre de continuer ses conneries.

— Pour te protéger, tu voulais l'expédier à l'asile.

— Je l'aurais fait sortir après le procès de la meur…

Le visage de Lavoir se crispe, puis un râle s'échappe. Jeannette se précipite dans le couloir à la recherche d'un médecin. Lorsqu'elle revient accompagnée d'une infirmière, la tête de Lavoir est renversée en arrière.

Sous le préau, elle fixe intensément le rideau de pluie tandis que le corps médical tente de ranimer Lavoir.

Roger suit la coursive, un paquet à la main. Jeannette essaie de calmer les battements de son cœur par une profonde inspiration. Il se fige devant son air triste puis accélère sa marche vers la chambre de Lavoir. Jeannette écoute ses pas marteler le sol, puis le silence retombe. De nouveau, le bruit des pas.

— Où est-il ? demande Roger, la mine impénétrable.

— Antonin est en réanimation.

Incrédule, il fixe le patio de l'hôpital, les bras ballants comme hypnotisé par le spectacle de l'eau. Il pose le paquet sur une pile de draps portée par une employée en blouse blanche qui le remercie, gênée. Vergnes adresse un signe discret à Jeannette et s'en va.

— Roger, faut qu'on parle.

— Je n'ai rien à te dire.

— Il est temps d'assumer tes responsabilités.

Il se raidit, le visage fermé.

— Je n'ai pas de leçon à recevoir de toi. Que veux-tu ? demande-t-il en élevant la voix. Que je me suicide ? Comme ça, tu seras libre de m'accuser de tous les maux de la terre et tu pourras sauver cette folle. Tu te caches derrière une fausse morale, mais tu n'auras pas ma peau !

Il s'éloigne, puis s'arrête, immobilisé par les mots de Jeannette.

— Je sais que tu as traîné Émile jusqu'à l'eau pour le noyer. Tu es responsable de sa mort.

Roger revient sur ses pas et pointe un doigt sur Jeannette.

— Je ne me parjurerai pas pour sauver la tête de celle qui a tué mon père.

Puis il disparaît. Un médecin s'approche de Jeannette et lui dit que Lavoir réclame sa présence. Il lui recommande de ne pas s'attarder.

La cage thoracique d'Antonin se soulève avec difficulté à chaque inspiration et retombe à chaque expiration comme une machine fatiguée. Lorsque Jeannette lui serre la main, ses paupières s'ouvrent et il pose un regard voilé sur elle.

— Es-tu amoureuse ?

Encore cette question. Cette fois, elle hoche la tête.

— Je suis sur le point de quitter ce monde et je ne regrette rien de ce que j'ai fait. À quoi ressemble la vie d'un homme seul ? Auprès de Bernard et Roger, j'ai trouvé une famille.

— Pourquoi Roger rejette-t-il sa responsabilité dans la mort d'Émile Dubreuil ?

— Ton obstination t'aveugle, mon petit…

— Alors, explique-moi, Antonin !

— On doit protéger ceux qu'on aime. Protège-le, répond-il dans un dernier souffle.

Elle devrait courir dans le couloir et réclamer de l'aide, mais elle sait que c'est fini.

En gardant la main inerte de Lavoir dans la sienne, elle pense à l'amour de Bernard Davon pour Reine Torres… Pourquoi ne lui a-t-il jamais rendu visite alors que la vie leur offrait une seconde chance ? Certes, une liaison avec l'ancienne épouse d'un grand bandit aurait entaché sa carrière, mais rien ne l'empêchait de la rencontrer en secret. Pourquoi la vie rend-elle le bonheur inaccessible en dressant sans cesse des obstacles ?

28

Louis Vergnes attend Jeannette à la sortie du bâtiment. Elle se laisse tomber dans ses bras. Il lui caresse les cheveux en murmurant :

— Ça va aller, mon petit. Venez, il faut qu'on parle. Le moment est mal choisi, mais nous devons faire vite.

Jeannette trottine derrière son patron qui longe l'hôpital à grandes enjambées. L'agitation de la rue la rappelle à la vie.

— On va boire quelque chose.

Au comptoir d'un bar, Jeannette pose ses mains autour d'un verre de limonade tandis que Vergnes sucre un café. Puis il propose de reprendre tous les articles de Lavoir depuis l'arrestation de Rigal en 23 jusqu'à aujourd'hui et de trouver tout ce qui pourrait impliquer Lavoir dans la ligue fantôme.

La mort de Lavoir laisse désormais les coudées franches au patron. Elle le fixe méchamment, puis ouvre la bouche pour dire combien elle juge son comportement minable, mais la referme. Parce que la curiosité l'emporte. La curiosité l'emporte toujours chez Jeannette.

— L'archiviste vous assistera dans cette tâche. Il faut faire vite, le temps est compté.

— Pourquoi depuis l'arrestation de Pascal Rigal ? s'enquit-elle.

Le patron prend un air grave et se gratte un sourcil.

— J'en suis venu à la conclusion qu'Antonin et Davon se sont alliés au moment de cette affaire. Je voyais leur collaboration d'un œil bienveillant, car peu de journalistes infiltrent les hautes sphères de notre société. Cependant, Antonin a franchi une ligne dont je suis en train de subir les conséquences…

Après une gorgée de café, il poursuit.

— Les verrous sautent un à un. Vous avez choisi votre camp en défendant la cause de la femme Dubreuil. Il faut aller au bout maintenant.

Vergnes rentre dans la cour de *La Belle Garonne* tandis que Jeannette ouvre la porte du bâtiment des archives. Le préposé l'accueille avec un large sourire et l'œil pétillant.

— Je n'aurais pas parié un kopeck sur vous, et voilà que vous êtes dans les petits papiers du patron. Je ne sais pas comment vous avez réalisé ce tour de force, mais je vous tire mon chapeau.

— Vous dites ça parce que je sens le vieux cheminot, commente Jeannette, l'air faussement contrarié.

— Non, parce que vous êtes une femme… Moi, c'est Jacques, dit-il en tendant une main.

Jacques obéit avec entrain aux instructions de Vergnes et aide Jeannette avec bonne humeur. Son organisation est redoutable. Elle se charge de l'année 1923, lui de la 24, ainsi de suite. Dans trois jours, ils auront fini. Une éternité.

— Vergnes vous a-t-il dit ce qu'on cherchait ?

Il la toise.

Au bout de trois heures, une main de Jeannette laisse une traînée d'encre sur son front. Les paupières noircies et la vue brouillée par une trop longue attention à décrypter les articles de Lavoir, elle glisse au pied de la cloison.

— C'est le manque d'habitude, remarque Jacques goguenard.

— Pourquoi les archives sont-elles conservées ici plutôt qu'au sein du journal ?

— C'est à cause de l'incendie de 17 qui a détruit une partie de l'aile droite en face. Heureusement, elles se trouvaient à l'opposé, mais par sécurité, on les a déménagées dans ce bâtiment. C'est un peu l'histoire de notre pays et il nous faut la préserver. Dans cent ou deux cents ans, vos descendants rechercheront peut-être vos traces dans ces caisses.

Elle replie avec précaution les exemplaires feuilletés lorsqu'un nom attire son œil comme un aimant : Duchaine. Elle s'attarde sur l'article.

Dans la nuit du mardi 18 décembre, une rixe au pied de la tour Saint-Michel a fait une victime : Clovis Duchaine, employé à la manufacture française de la lampe Astra quai de Paludate, sauvagement agressé, n'a pas survécu à ses blessures malgré une évacuation rapide vers l'hôpital Saint-André. Aucune piste n'est écartée par la police.

Clovis est le second prénom de Paul. Lors de la fête du 14 juillet, quand ils retournaient à la camionnette, il a déclaré avec véhémence que Clovis, roi des Francs, faisait acte d'allégeance à la reine Jeannette.

— Antonin Lavoir est mort. J'étais à son chevet tout à l'heure, dit Jeannette, la gorge nouée, tandis que Jacques s'approche.

— Reprenons. Plus vite ce sera fini, plus vite vous dégagerez le plancher, répond-il sans la moindre émotion dans la voix.

Si la force de protester lui manque, elle trouve l'énergie de bondir quand une troupe de gendarmes envahit les archives. Ils la plaquent contre un mur et lui passent les menottes.

— Jeannette Routier, vous êtes en état d'arrestation.

Escortée par une dizaine de gendarmes, elle quitte l'immeuble sous le regard ébahi des employés du journal, attirés par la cavalcade dans la rue. Les mains attachées dans le dos, elle trébuche à plusieurs reprises sur les pavés mouillés.

Assise sur le coin d'une chaise en bois qui craque au moindre mouvement, Jeannette ressent l'invisible, elle voit Perchet en oiseau de proie décrire des circonvolutions dans le ciel. Bientôt, il jettera ses pattes crochues sur elle, l'arrachera de son siège et l'emportera dans son nid accroché au flanc d'un rocher. Puis un bec affûté comme une lame de boucher la déchiquettera. Elle rejoindra Lavoir au pays des journalistes maudits.

Après une éternité, Perchet articule une phrase.

— Pourquoi êtes-vous allée en Suisse ?

Elle secoue la tête.

— Ne jouez pas au plus malin avec moi parce qu'on sait qui va perdre, aboie-t-il en frappant du poing sur la table.

Les vibrations résonnent à travers le corps de Jeannette comme dans le coffre creux d'un instrument à cordes.

Il pousse une feuille vers elle sur laquelle elle reconnaît l'écriture de sa tante.

— Pourquoi votre père vous réclamait-il à Genève ?

Elle hausse les épaules.

— Ne me dites pas que vous avez entrepris ce voyage juste pour papoter avec papa. Qu'y avait-il de si important ?

— Je ne l'ai pas vu.

Face à l'attitude du policier de plus en plus menaçante, Jeannette se tasse sur sa chaise.

— Ne me prenez pas pour un imbécile, vous avez accouru dès réception de cette lettre et vous voulez me faire croire qu'il n'est pas venu.

— Fuir est plus aisé qu'assumer ses responsabilités, répond-elle en se redressant.

— Rien à foutre des grandes théories ! Je vais vous dire ce qui s'est passé : il vous a remis le fric qu'il a planqué dans une banque suisse parce qu'il prépare un sale coup. On n'a pas trouvé de document de transfert chez vous. Où est l'argent ?

— Je n'ai pas vu mon père ! Demandez à Paul Duchaine, il m'a accompagnée.

— Puisque vous le prenez comme ça. Gardes !

La vie en prison est métallique : les serrures qui se verrouillent, les portes qui grincent, l'odeur de la sueur qui se mêle au sang. Assise dans un coin et les genoux sous le menton, son instinct de survie dicte à Jeannette de ne pas répondre à la litanie de sa codétenue. Un mot, un geste, un regard pourrait faire basculer un environnement hostile en enfer.

Comment Perchet a-t-il su qu'elle est allée à Genève ? Trois personnes étaient au courant de son déplacement et lorsqu'elle prend conscience qu'une seule peut l'avoir trahie, sa gorge se noue, les larmes débordent de ses paupières, elle cède à l'abattement. Roger cherche à lui nuire. Un besoin irrépressible de sortir de cet horizon bouché l'étreint. Elle fait un effort extrême pour contrôler la panique qui monte. Une douleur dans les tibias suspend sa respiration.

— Ta gueule ! vocifère sa codétenue.

Cette fois, les propos intelligibles de la femme donnent corps à la vulnérabilité de Jeannette. Elle découvre sa fragilité dans un monde où personne ne pénètre de sa propre volonté. Elle mesure la précarité de la vie qui bascule dans le néant sans sommation, la fugacité des instants heureux happés par les vicissitudes de l'existence. Que restera-t-il de sa vie hormis son nom au bas de deux articles ? La nausée l'envahit. Elle s'est jetée à corps perdu dans un combat inégal avec pour unique arme sa volonté de sauver une femme coûte que coûte. Mais sa motivation n'est-elle pas d'ordre personnel ? Ne cherchait-elle pas à prouver qu'elle est meilleure que Lavoir ? Ou à se racheter du suicide du professeur ?

Maman. Petite fille, sa mère réglait tous les problèmes, vivante, elle aurait remué ciel et terre pour la sortir d'ici.

Vivante. Dans le regard résigné d'Odette, elle a retrouvé celui de sa mère. Quelle différence y a-t-il entre une femme abandonnée à la mort dans son lit et une autre, à l'échafaud ? Aucune, leurs destins ont été remis entre les mains d'un homme.

29

— Signez ici, grogne Perchet en tendant une feuille.

D'une main tremblante, Jeannette s'exécute. Quand on l'a sortie sans ménagement de sa cellule, elle s'attendait à un nouvel interrogatoire plus musclé que le premier alors qu'il s'agissait de sa libération.

Paul Duchaine a déclaré avoir accompagné Jeannette Routier à Genève où elle devait rencontrer son père, mais ce dernier a fait faux bond.

— Vous avez de la chance qu'un type comme Duchaine témoigne en votre faveur. Droit, honnête, poursuit Perchet.

Le regard tourné vers la fenêtre, l'inspecteur semble s'égarer dans ses pensées, puis il reprend, l'air mauvais :

— Je me demande ce qu'un homme aussi loyal peut bien vous trouver.

Sur ce point, Perchet s'accorde avec sa tante. Julia estime que sa nièce n'a aucune qualité requise pour faire une bonne épouse avec des hanches trop étroites et un esprit trop indépendant.

— Nous travaillons ensemble.

— Sans lui, soupire Perchet à regret, vous croupiriez encore au fond d'une cage.

Robe chiffonnée, cheveux ébouriffés et odeur douteuse collée à la peau, Jeannette découvre Paul à la sortie du commissariat de quartier et pour une fois elle préférerait sentir le vieux cheminot. Elle le congédie sans ménagement. En montant l'escalier qui mène chez elle, une ombre s'étire sur le mur.

— Va-t'en, crie-t-elle sans se retourner. Je veux être seule.

Son exaspération se volatilise à l'ouverture de la porte de son logement. L'émanation écœurante de solvant balaie les affres de son confinement. La vie chasse la mort. Ébahie, elle contemple les cloisons fraîchement repeintes de blanc puis se tourne vers lui qui sourit, deux marches en contrebas.

— Tu l'as fait, murmure-t-elle, les yeux embués.

Il acquiesce en regardant ses chaussures.

— Un journaliste doit saisir toutes les occasions qui se présentent à lui, plaisante-t-il.

Il propose de l'attendre en bas, il doit lui parler.

En nettoyant chaque centimètre carré de sa peau avec la savonnette au parfum de rose, Jeannette renaît.

Puis, dans une tenue propre et les cheveux encore humides, elle rejoint Paul au bistrot au pied de l'immeuble. L'éclat qu'elle discerne dans son regard la réjouit. Elle se sent belle quand il pose ses yeux noisette sur elle.

— Merci, Paul. C'est le premier mot que j'aurais dû dire en sortant de prison, mais je ne voulais pas que tu me voies dans cet état.

— Je n'ai rien remarqué, répond-il en souriant.

Paul a poursuivi les recherches dans les anciennes éditions de journaux.

— J'ai découvert quelque chose d'incroyable. Lis.

Dans une semaine, le procès de l'égorgeur s'ouvre.
Et le public sera nombreux.
Mères et filles y assisteront.
Autrement dit, tous ceux qui réclament justice.
Impassibles et dignes, nous attendrons le verdict.
Noble attitude.

— L'accusé avait une femme et une fille, poursuit-il. Et dans cet article, le coupable n'avait pas d'enfant :

Dans trois jours, le procès du rémouleur s'ouvrira.
Et le public sera au rendez-vous.
Même des femmes.
Assurément, tous ceux qui croient en la justice française seront là.
Immobiles et respectables, nous assisterons au verdict.
Nourris d'un ressentiment légitime.

— D'accord… Mais où est le problème ?

L'air incrédule de Jeannette arrache un geste d'impatience à Paul. Ses fines lèvres s'étirent en un trait.

— Maintenant, regarde les premières lettres de chaque ligne des deux articles.

— Ce sont les mêmes et… elles forment le mot…

— DEMAIN !

Il lui adresse une moue admirative qu'elle qualifierait de condescendante.

— C'est ce qu'on appelle un acrostiche. Je pense que c'était le signal afin de mobiliser la ligue fantôme.

— Toujours le même… Et Lavoir les prévenait de la composition de la famille de l'accusé pour éviter les mauvaises surprises.

— Oui, il avait formé ses rangs, et munis de barres de fer et de seaux de peinture ils menaient des expéditions punitives à quelques jours des procès.

Jeannette rapporte à Paul que Vergnes est préoccupé par sa propre situation.

— Il veut sauver sa tête, remarque Paul. Le président du tribunal entend sanctionner tous ceux qui ont comploté à son éviction et comme Lavoir et Davon sont morts, il est le dernier maillon.

— Avec ces preuves, Vergnes pourra faire valoir son intégrité.

— Il n'en reste pas moins responsable de ce que diffuse son journal. *La Belle Garonne* sera accusée d'avoir été une tribune d'appels à la haine.

— Oui, mais il fallait faire partie de la ligue fantôme pour comprendre les messages et répondre présent. Il peut jouer sur son ignorance des faits.

Paul hausse les épaules.

— En tout cas, mission accomplie.

— Merci, je ne sais pas si je serais arrivée aux mêmes conclusions.

Il la regarde par en dessous.

— Après ton arrestation, j'ai trouvé un exemplaire ouvert à la page d'une rixe dans laquelle mon père a été impliqué en 23. J'ai constaté que Lavoir avait écrit un article deux jours plus tôt. Cet accident ne peut pas être une coïncidence, n'est-ce pas ?

— Tu veux dire qu'il a été pris à partie alors que la ligue fantôme s'apprêtait à une offensive.

— Sa mort restait un mystère pour moi. Aujourd'hui, je comprends que Lavoir est responsable de sa disparition et je regrette qu'il ne soit plus de ce monde pour lui régler son compte.

Jeannette sourit tristement.

— Tu as une réponse et le temps t'apaisera. Tu as parlé au patron de tes découvertes ?

— Non, je t'attendais. Si tu es prête, on y va.

Vergnes a pris une pause décontractée dans son nouveau fauteuil livré le matin même. Il en caresse les bras puis il tourne le buste pour en vérifier l'assise. Il en oublie que Jeannette sort de prison. Ce siège envoie peut-être un message à ses détracteurs, du genre : « J'y suis, j'y reste. » Toutefois, les propos de ses collaborateurs lui arrachent une grimace de singe.

— Cela est la preuve que le journaliste le plus influent de la place girondine passait des appels codés dans mon quotidien.

— À quoi vous attendiez-vous ? demande Jeannette.

Vergnes la fixe d'un œil sombre qui s'illumine peu à peu.

— Mon petit, vous allez me sauver la mise !

Paul et Jeannette se regardent sans comprendre.

— C'est l'évidence même. Je vous ai embauchée avec l'intention de me séparer d'Antonin. D'ailleurs, vous avez cosigné le papier sur la double exécution. Premier signe de ma confiance. Ensuite, je vous ai commandé ce magnifique portrait du successeur de Davon. J'avais découvert l'implication d'Antonin dans la ligue fantôme en analysant ses articles. Pour éviter un scandale aux conséquences dévastatrices pour le journal, j'avançais mes pions dans l'objectif de mettre fin à notre collaboration dès que vous seriez prête. Voilà comment je présenterai l'affaire !

— Vous voulez vous servir de moi pour sauver votre place ? s'étrangle Jeannette.

— Je vous déclare officiellement responsable de la rubrique judiciaire de *La Belle Garonne*. Dès demain, vous serez à la une. Allez me chercher ce fichu photographe.

— Viens, Paul, on s'en va.

Vergnes leur ordonne de se rasseoir. L'instant d'hésitation de Paul cède au regard furibond de Jeannette.

Arrivée dans son appartement, Jeannette tourne en rond autour de la petite table en répétant inlassablement :

— Pas question. Pas question. Pas question.

Paul demande pourquoi du bout des lèvres. Elle le fusille du regard. Puis, son pas ralentit et elle se laisse tomber sur une chaise.

— Je serai appréciée pour mon travail, pas pour avoir sauvé le cul du patron.

Paul éclate de rire.

— Pourtant le résultat sera le même. Sauf qu'il t'offre l'occasion de brûler les étapes. À ta place, je ne m'en plaindrais pas.

— Tu ne peux pas comprendre…

— Oublie tout ça pour l'instant. Ta détention inquiétait ma mère et Charles. Ils voudraient s'assurer que tu vas bien. Nous sommes invités ce soir !

Elle lui jette un regard oblique avant de capituler.

Entourée de la clientèle compacte du petit restaurant des quais, la mauvaise humeur de Jeannette se dilue dans l'air. La mère de Paul crie : « Chaud devant ! » en tenant au-dessus des têtes un plateau sur lequel des verres vides tremblotent. Jeannette se demande encore une fois comment autant de personnes peuvent s'entasser dans un espace aussi réduit. Les lèvres de Paul sur le pavillon de son oreille la font frissonner.

— Il y a du monde ce soir…

Quand Charles hurle :

— La voilà !

Les regards fouillent la salle puis des cris de joie retentissent quand Paul désigne du doigt une chevelure noir corbeau osciller à ses côtés.

— Tournée générale, crie de plus belle Charles.

On applaudit puis on la félicite, on la plaint aussi.

La douce nuit d'été s'étire sous les étoiles au bord de la Garonne. Les clients sont rentrés chez eux, Jeannette serre le bras de la mère de Paul contre elle.

— Merci pour cette soirée, Monique, ça m'a fait chaud au cœur.

— C'est normal mon petit. Tu fais un peu partie de la famille.

Jeannette se raidit.

— T'inquiète pas, on ne va pas vous marier, dit-elle en riant.

— Est-ce que je peux vous poser une question sur le père de Paul ?

Monique hoche la tête.

— J'ai lu qu'il est mort piétiné lors d'une rixe.

Les yeux de Monique s'embuent tandis qu'elle serre le bras de Jeannette contre elle.

— Clovis était un homme droit et juste, Paul lui ressemble. Il s'était laissé convaincre par son cousin de contrer une organisation qui soi-disant rendait la justice à la place d'un État trop laxiste. Celle-ci menait des expéditions punitives. Une sorte de tribunal pour les familles des coupables. Ce soir-là, l'affrontement entre les deux bandes a été très rude. Clovis n'a pas survécu à ses blessures.

Dans l'obscurité, l'émotion a envahi les deux femmes. Monique tente de contrôler ses spasmes afin de poursuivre :

— À la morgue… Je n'ai pas reconnu son visage tant il avait été réduit en bouillie. La presse n'a pas dit la vérité sur ce qui s'est passé…

30

Les habitants se signent sur le passage du convoi funéraire. Seuls les pas du cortège mêlés aux fers des chevaux retentissent sur les pavés – cris et rires suspendus le temps d'une procession. Dans l'assemblée, Jeannette suit le corbillard d'Antonin Lavoir couvert de couronnes. Elle a revêtu la même robe que le jour de la double exécution, cependant elle en a décousu la fleur. La marche est lente, mue par une sombre résignation, la mort rappelle à l'homme sa condition éphémère. Paul Duchaine, comme dix autres employés du journal, présente une brassée de roses dans une posture embarrassée. Les fleurs évoquent le vide, la peine que le défunt laisse derrière lui, l'estime qu'on lui porte aussi. Cette rivière odorante contraste avec l'image du personnage lugubre que Jeannette a connu.

À 10 heures, le cortège conduit par Roger Davon s'est lentement organisé avant de se diriger vers l'église au porche et à l'intérieur tendus de draperies noires. Pendant la messe, Jeannette se remémore son arrivée à *La Belle Garonne.* Elle prend conscience que Lavoir lui a appris plus qu'elle ne l'aurait cru. L'homme qui lisait dans le miroir des âmes lui a montré le chemin qu'il ne fallait pas emprunter.

Sous les bougies et les torchères, Roger adresse un vibrant hommage à celui qui était un second père pour lui et dont il suit les pas avec fierté. Vraiment ? Les mots coulent comme de l'eau froide en hiver qui gèle instantanément. Des larmes perlent sous les cils de Jeannette au son de la voix de celui qui l'a envoyée en prison. Elle sort de ses pensées pour prendre la direction de la dernière demeure de Lavoir sous un soleil impitoyable.

Au cimetière, Louis Vergnes adresse ses adieux à un ami. Jeannette ne s'attarde pas. Elle tourne dans la deuxième allée gravillonnée. Elle connaît le chemin par cœur pour l'avoir emprunté si souvent autrefois : à chaque blessure, doute, ou question. Puis elle repartait apaisée même si le silence avait avalé les réponses. La tombe est aussi triste que son cœur vide. De mauvaises herbes ont poussé puis jauni, un vase ébréché est tombé par terre. Les signes de l'abandon. Dans un petit médaillon, sa mère la fixe de son regard bienveillant, mais elle observe ses pieds. Sa tête est vide, vide de pensées, vide de mots. Un seul résiste et subsiste : maman.

Deux silhouettes familières se profilent devant la grille. Une minute plus tard, Jeannette laisse libre cours à l'émotion dans les bras de Léo Obi. Dès que Julia a appris l'arrestation de Jeannette par un télégramme de Paul, elle a aussitôt dépêché Léo à sa rescousse. Léo surprend le regard noir de Jeannette pour Clotilde qui affiche un air de veuve éplorée. Il justifie sa présence de façon peu convaincante.

— Elle doit choisir son camp.

— Que veux-tu dire ? s'inquiète Léo, déstabilisé.

— J'ai fait l'erreur d'informer Roger de mon voyage à Genève et il m'a livrée à la police, dit-elle à l'adresse de Clotilde.

Deux voix se font écho dans le dos de Jeannette. Deux voix qui font bondir son cœur.

— Clotilde ? !

Léo s'avance vers les deux journalistes en écartant fermement Jeannette et s'adresse à celui qu'il suppose être Roger :

— Avez-vous dénoncé Jeannette ?

Roger s'étonne de la visite de Clotilde en négligeant de répondre. Une colonne de bigots qui descend l'allée du cimetière s'offusque de leurs bavardages. Léo prend alors les choses en main, Clotilde résignée suit le petit groupe sous l'œil réprobateur de Roger.

En terrasse, ils trinquent à la libération de Jeannette. Occasion pour Léo de revenir sur l'attitude de Roger envers elle. Paul repose son verre précipitamment et quitte la table.

Et quand Jeannette le rattrape, il laisse libre cours à sa frustration :

— Tu as vu Roger avant de partir à Genève et tu ne m'as rien dit ! Sûrement pendant que je t'attendais comme un con devant ta porte.

— Je suis libre de rencontrer qui je veux.

— Qui te sort de la merde dans laquelle il te met ? Qui ?

— Paul, je ne veux pas qu'on se dispute, supplie-t-elle en lui prenant une main.

— Je te faisais confiance, rugit-il en se dégageant.

Elle lève des yeux embués vers le ciel. Il est temps de retourner au journal, Vergnes l'attend à 15 heures.

La chaise vide de Lavoir ouvre un gouffre. Il ne s'assiéra plus à ses côtés, il ne soufflera plus à chacune de ses questions, il ne s'essuiera plus le front avec un grand mouchoir sale. Désormais, elle y sera seule.

Vergnes se trémousse sur son nouveau siège lorsqu'elle entre dans son bureau. Elle impute son air grave à l'enterrement de son plus fidèle ami.

— Connaissez-vous le principe du château de cartes ? demande le patron qui poursuit sans attendre. On en retire une et l'édifice s'écroule, c'est ce qui s'est produit.

Tout de suite, elle pense à Lavoir, mais il s'agit d'un autre.

— Le machiavélique Davon a entraîné Antonin dans les abîmes de l'enfer. Il en a fait son émissaire. Et moi… je n'ai rien vu. J'aurais pu sauver Antonin si j'avais ouvert les yeux. J'aurais pu le ramener vers la lumière.

Vergnes se prend le visage à deux mains. La vulnérabilité de son patron aux épaules voûtées la touche et elle se surprend à passer derrière le bureau. Il échappe un sanglot au contact des doigts de Jeannette dans ses cheveux. Il abandonne un instant sa tête sur la maigre poitrine de son employée.

— Antonin s'est servi d'un renseignement de Rigal pour approcher Davon, murmure-t-elle.

Lavoir obtenait des informations que personne n'aurait pu soutirer à un avocat général. Son regard s'est noirci jusqu'à devenir une lance qui transperçait les masques de ses interlocuteurs. À l'appel du sang, sa plume extrayait le macabre des histoires comme nul autre.

— Avez-vous réfléchi à ma proposition ?

Le revirement de la conversation ne la prend pas au dépourvu parce qu'elle sait qu'elle ne peut pas à la fois faire la lumière sur une affaire et cautionner un mensonge sur son ascension. Elle ne supportera pas de vivre avec cette honte cachée au fond de son âme. Elle veut être fière de sa réussite.

— Il ne s'agit que de changer la chronologie pour arriver à la même conclusion.

— Qui vous permettra d'échapper à une sanction.

— Je vous offre un poste en or que…

— Je n'aurais jamais eu en ma qualité de femme, c'est ce que vous voulez dire ?

— Votre réticence m'exaspère, homme ou femme, peu importe. N'importe qui accepterait…

— Je ne suis pas de ceux-là. Je m'appelle Jeannette Routier…

À cet instant, Paul ouvre la porte à la volée.

— Il y a du grabuge. La lettre de Lavoir déchaîne les esprits. La nouvelle de sa mort est en train de se propager comme une traînée de poudre. Des affrontements avec les abolitionnistes ont lieu un peu partout à Paris et dans le nord de la France.

Jeannette et Vergnes fixent le journaliste sportif comme s'ils ne comprenaient pas ses paroles.

— Une foule assoiffée de sang va arriver par train et par autocar pour assister au procès. Bordel, réagissez ! crie-t-il en s'adressant à Vergnes.

— Ne me parlez pas comme ça, jeune homme ! Pourquoi ne suis-je pas le premier informé ?

— On s'en fiche. C'est le résultat de votre perte de contrôle sur Lavoir. À ce qu'on dit, le procès s'ouvre le 7 août.

— Je sais, c'est la raison pour laquelle j'ai convoqué Mlle Routier, déclare Vergnes, dressé sur son fauteuil comme un coq sur ses ergots.

Dans une semaine…

— J'ai une idée ! intervient Jeannette.

— Il serait temps, parce que jusqu'à présent, tu n'as pas été d'un grand secours pour Odette, préoccupée à protéger ton amoureux.

Et vlan. Adieu aux bonnes résolutions. La main de Jeannette s'abat sur la joue de Paul pour la seconde fois.

— Quand tu comprendras ton erreur, il sera trop tard…

31

Même si Pascal Rigal n'a pas répondu à la question de Jeannette sur Clotilde, il a certainement découvert – comme elle – une de ses affiches à l'arrivée à Genève. Mais pourquoi ne lui a-t-il pas rendu son coffret ?

Jeannette regrette déjà d'avoir refusé l'invitation à dîner de Léo. Elle en aurait profité pour pousser Clotilde dans ses retranchements.

Ainsi, pour tout repas, elle rumine sa rancœur. Elle a reçu la date du procès comme un ultimatum même si elle savait qu'elle s'approchait dangereusement. Au pied d'un mur immense, elle doit trouver le moyen de le traverser.

Les échos d'une voix dans la cage d'escalier lui parviennent à travers la mince porte d'entrée. Puis le visage rouge, tante Julia, à la superbe malmenée par l'ascension des marches, se laisse tomber sur une chaise. Jeannette découvre chez cette bonne femme autoritaire une vulnérabilité insoupçonnée.

— C'est Léo qui t'a sortie de prison ?

— Non, Paul. Qu'est-ce que tu fais là ?

— Je m'inquiétais pour toi, ma chérie.

Jeannette étreint d'émotion Julia qui l'appelle pour la première fois par un petit nom, mais celle-ci la repousse, l'air gêné. Julia est descendue chez son ami Georges, à l'hôtel des Quatre-Sœurs. Elle a mené l'enquête afin de retrouver le logement de sa nièce, elle aussi sait faire ! Jeannette tient d'elle son esprit de déduction. Le fleuriste, soumis à son inquisition, a révélé que son ancienne locataire était partie avec un homme qui séjournait à côté, identifié par Georges comme le fils du magistrat assassiné et qui réside dans un immeuble où elle s'est rendue. Un concierge affable l'a conduite jusqu'à la porte de Roger Davon. Jeannette se frotte les yeux pour s'assurer qu'elle ne rêve pas tandis que Julia s'épanche sur la bonne éducation, le charme et la conversation du jeune Davon. Ils feraient un merveilleux couple. Jeannette doit se débarrasser du journaliste sportif avant de se retrouver enceinte, et épouser Roger.

— Bon sang ! Jeannette, une telle occasion, ne se présentera pas deux fois, dit-elle en appuyant un regard sur sa nièce.

— Allez, tante Julia ! Allons rejoindre Léo, je te raconterai tout en chemin.

Julia, l'estomac dans les talons, suit sa nièce de bonne grâce malgré ses pieds en bouillie. Devant le restaurant, Jeannette pose la question qui lui brûle le cerveau et les lèvres depuis l'arrivée de sa tante :

— Est-il revenu d'Italie ?

Julia tord la bouche avant de hocher la tête.

— Pourquoi n'est-il pas venu à notre rendez-vous ?

— Si vous vous étiez rencontrés, tu serais encore en prison.

Un peu plus tard, Jeannette tend son verre à Léo. Elle n'a goûté ni aux huîtres, ni à la sole meunière qui sont retournées en cuisine sous l'œil consterné du serveur. Malgré tout, dans l'atmosphère enveloppante du restaurant, elle se sent mieux.

— Trinquons à la mémoire de ce pauvre Antonin ! s'écrie-t-elle.

— Il faut que je te parle d'une idée qui me tient à cœur, dit Léo tout en souriant à une Clotilde aussi morne qu'une plaine après une bataille.

Julia piquée par la curiosité demande s'ils vont se marier. Clotilde réprime une grimace.

— Il s'agit d'un projet professionnel, répond Léo, un air nostalgique sur les lèvres. J'écris une pièce dont le personnage principal est un bagnard.

Ces paroles aiguisent l'intérêt de Jeannette.

— Pour rendre mon héros crédible, j'ai besoin de travailler en immersion.

Jeannette s'étonne qu'il veuille aller en Guyane.

— Justement, comme il y en a un à Bordeaux, je me disais que tu pourrais m'aider à le rencontrer.

Pendant qu'elle le fait répéter, Clotilde en profite pour aller se repoudrer le nez.

— Tes lettres ont piqué ma curiosité et je l'avoue, c'est grâce à toi que j'ai eu cette idée de pièce.

Quand elle plonge les lèvres dans son verre, Julia l'arrête d'une main de fer.

— Clotilde peut t'en parler, elle le connaît très bien, répond Jeannette, amère, quand celle-ci reprend sa place.

— C'était il y a très longtemps…

— Rigal est venu à Genève l'année dernière. Et c'était pour te rencontrer. Et toi, continue Jeannette en s'adressant à Léo, tu ne t'étonnes pas qu'un repris de justice ait recherché ta fiancée !

— Ça suffit, coupe Léo. Je compte sur toi Jeannette pour me le faire rencontrer. Tu me dois bien ça.

Jeannette le regarde, interloquée.

— J'en ai par-dessus la tête de vos marchandages, lance-t-elle en quittant la table.

Tandis que Julia et Clotilde rejoignent l'hôtel, Léo la rattrape. Ils marchent côte à côte dans l'obscurité, un chat miaule, un chien traverse la rue, puis il lui saisit le bras.

— Je te dois des explications.

Le bruit de ses talons en colère sur les pavés s'atténue au fur et à mesure des précisions de Léo.

— C'est vrai, Rigal a réussi à retrouver Clotilde. Il l'a endormie au narcotique et lui a volé ses bijoux.

— Comment s'y est-il pris ?

— Avec un foulard imprégné d'opium ou d'éther qu'il a plaqué sur son visage. Quand elle s'est réveillée, il avait disparu. Il avait aussi emporté le coffret que tu lui as ramené. D'ailleurs, où l'as-tu trouvé ?

Évidemment, Rigal avait fait tous ces efforts pour subtiliser la vieille boîte.

— Sais-tu s'il possède un compartiment secret ?

— Pas la moindre idée… Je dois rencontrer ce salopard avant qu'il soit renvoyé au bagne.

— Ça t'apportera quoi ?

— Pour tout te dire, je ne crois qu'à moitié Clotilde. Je veux m'ôter d'un doute et j'aurai la réponse dans ses yeux.

— J'en ai assez de vos cachotteries. Parle franchement.

— Elle n'est plus la même depuis qu'elle l'a revu. Je pense qu'elle a couché avec lui et il faut que j'en aie le cœur net.

— C'est une excellente comédienne, remarque Jeannette.

— La disparition de ce coffret l'a rendue folle. Elle voulait aller à Bordeaux et lui reprendre. Je n'arrivais pas à la raisonner.

— Mais tu as fini par réussir.

Il s'arrête et la regarde droit dans les yeux. Elle y voit sa peine, celle d'un amour qui échappe.

— Je lui avais promis que tu t'en occuperais puisque tu venais ici.

Elle pense avoir mal entendu. Elle scrute son visage dans l'obscurité tandis que l'histoire s'enroule vers son point de départ.

— M'as-tu laissé croire que je n'avais aucun avenir à Genève ? Que tous les journaux me tourneraient le dos ?

— Non ! Je voulais juste la retenir à tout prix.

— Et que comptais-tu que je fasse ? Que je parte à la chasse au criminel pour une boîte en ferraille.

Devant l'immeuble de Jeannette, Léo pose ses mains sur ses épaules.

— J'étais désespéré. Je cherchais à gagner du temps. Quand j'ai appris l'arrestation de Rigal, j'ai éprouvé du soulagement.

— Si Clotilde tient tant à ce coffret, c'est parce qu'il contient quelque chose de très compromettant et caché dans un compartiment escamoté. La question est : est-ce que Rigal en connaissait l'existence ? Et je répondrais, oui, sinon il n'aurait pas pris tous ces risques.

— Compromettant pour qui ?

— Clotilde niera. Le seul moyen de le savoir ce serait de récupérer les ampoules de narcotique à la gare de Saint-Germain-des-Fossés. Face à des preuves, Rigal capitule.

Elle pince les lèvres.

— On doit confondre Rigal avec cet étui.

— J'irai. Je te dois bien ça.

— Paul a gardé le billet de consigne, je te le donnerai demain.

32

Du coin de l'œil, Jeannette observe Paul qui vient de lui adresser un salut à peine perceptible à son entrée dans la salle de rédaction. Dès qu'il se lèvera, elle le suivra et réclamera le ticket. Mais acceptera-t-il de lui parler ?

La chaise de Lavoir racle le sol. Son cœur va exploser. Roger s'assied.

— Peut-on discuter ?

— On n'a plus rien à se dire.

— Je voudrais t'expliquer pourquoi…

— Tu m'as livrée à la police.

— C'est compliqué…

— Parce que pour moi ça ne l'est pas ! réplique-t-elle en haussant le ton. Je n'avais rien à faire en cellule.

— C'était pour te punir.

— Tu as raté ton coup ! Laisse-moi.

— Je t'aurais sortie de là.

— Qu'est-ce que tu veux dire ?

— J'ai adressé une lettre sans signature pour te dénoncer, bafouille-t-il. Je serais intervenu.

— Tu es complètement malade. Arrête de jouer au corbeau, ça va mal finir…

L'expression de Roger aurait prêté à rire en d'autres circonstances.

— Comment as-tu su ?

— Je l'ai compris. Ton intérêt pour ces lettres était disproportionné.

La table vibre sous un impact sourd sur le bois et les fait sursauter. Paul, en appui sur ses poings, fixe Roger prêt à fondre sur lui.

— Paul ! Justement, je dois te parler.

— Pour me gifler ou demander quelque chose ? Parce qu'il semble que ce soient les deux seuls modes de communication à ta portée.

C'est mal parti.

— Allons dehors.

Dans la cour intérieure du journal, elle allume une cigarette, puis se colle au mur à l'abri de la vue des curieux du premier étage. Paul la fixe d'un air goguenard. Il doit penser à cette blague stupide du vieux cheminot.

— Rends-moi le ticket de la gare de Saint-Germain-des-Fossés.

Les mains dans les poches de son pantalon, Paul reprend son sérieux.

— Pourquoi ?

— Tu es sans cesse sur la défensive ! C'est moi qui ai des raisons d'être en colère. Je fais tout pour essayer de démêler cette histoire et c'est humiliant de t'entendre rabâcher que Roger est le plus important pour moi. Le procès s'ouvre la semaine prochaine et je n'ai plus beaucoup de temps et d'espoir, conclut-elle en écrasant le mégot du talon.

— Je ne l'ai plus.

Elle regarde son visage fermé, les yeux ronds.

— J'ai gardé l'étui à narcotique. Je savais que tu en aurais besoin…

— On vous a relâchée, mam'zelle Jeannette ? Ça ne devait pas être bien méchant.

— Un regrettable malentendu, Joseph.

Puis le gardien-chef détaille l'homme qui l'accompagne. Il fait un signe pour réclamer des explications.

— Voici Léo, un grand artiste de Genève. Il écrit une pièce de théâtre sur un bagnard, alors je lui ai proposé d'en rencontrer un ici. Ça évitera d'aller en Guyane, n'est-ce pas, Joseph ?

— Pas autorisé…

— C'est vrai ? demande Octave, balai à la main.

— Oui, répond Jeannette. Et il y aura sûrement un gardien-chef qui pourrait s'appeler Joseph, n'est-ce pas Léo ?

— Et un balayeur, réclame Octave.

— Excellente idée, approuve Léo.

Le regard de Joseph s'assombrit.

— Ce n'est pas un mensonge pour entrer ?

— Joseph ! Vous pouvez compter sur lui.

— C'est bien parce que c'est vous…

— Oui, renchérit Octave, on vous prend au sérieux, même si vous êtes une femme.

Léo semble extrêmement nerveux et elle l'avise de ne pas intervenir lorsqu'elle mènera l'interrogatoire. Lui, d'ordinaire si flegmatique, se trémousse sur sa chaise devant la grille du parloir. Elle se réjouit qu'il rencontre Rigal, elle sent une avancée significative se profiler.

La prison n'émeut plus Jeannette et elle s'en alarme ; les condamnations la laisseront-elles bientôt indifférente ? Le soir d'une exécution, rejoindra-t-elle des amis au théâtre ? La mort deviendra-t-elle banalité ?

— Non !

Léo s'inquiète, mais son attention est détournée par Rigal qui s'assied lourdement en face d'eux, l'air préoccupé. Jeannette lui demande ce qui le tourmente.

— Mon avocat vient de m'informer que je passerai devant le juge dans deux jours.

— Je suis désolée…

Rigal semble alors découvrir Léo.

— Votre nouveau chef ?

— Non, un ami.

— Qu'est-ce qu'il fait là ?

Léo, les mains tremblantes, sort d'un sac l'étui aux narcotiques qu'ils ont vidé de son contenu au préalable. Joseph pouvait s'avérer très suspicieux et Jeannette ne voulait prendre aucun risque.

— Pascal, quand j'ai trouvé cet étui à la consigne, il manquait deux ampoules. Vous savez ce que vous encourrez si quelqu'un porte plainte ? Si vous me dites ce que vous en avez fait alors, je détruirai cette preuve.

Rigal regarde tour à tour ses interlocuteurs. Jeannette estime que c'est bon signe.

— J'en ai utilisé une dans le train entre Genève et ici. Un banquier suisse m'a pris pour un négociant en épices qui cherchait à faire prospérer ses économies. Je lui ai offert un havane dans lequel j'avais injecté de l'opium. Dès qu'il s'est endormi, je l'ai soulagé de sa valise que vous connaissez… et de 1 000 francs. Je suis descendu à Saint-Germain-des-Fossés et j'ai attendu l'express suivant.

— Et vous avez déposé ceci à la consigne, en déduit Léo d'une voix blanche.

— Qu'avez-vous fait ensuite ? s'enquiert Jeannette.

— Il ne faut pas mettre tous ses œufs dans le même panier. J'ai laissé l'argent à Limoges, mais je suppose que vous le savez.

— Contre qui avez-vous utilisé l'autre dose ? s'empresse-t-elle de demander.

— Une femme. Mais attention, ce n'est pas ce que vous croyez.

— Clotilde…

Après son tumultueux voyage autour du monde, Pascal Rigal a décidé de passer par Genève pour rendre visite à une vieille amie. Il avait retrouvé sa trace grâce à son parrain, un bagnard du nom de Lucas, sa mère entretenait une correspondance avec lui.

Les deux bagnards ont lancé ensemble des noix de coco dans l'océan depuis l'île du Diable. Destin de tout ce qui est inutile. On ne s'encombre de rien, l'espace est trop précieux. Même si l'évasion y est impossible, l'isolement est paradoxalement moins dur sous le vent, à l'abri de l'humidité de la savane. À cause d'une escroquerie, Lucas avait été envoyé sur l'île. Il avait sélectionné des familles de détenus crédules et leur demandait de glisser des billets à l'intérieur d'une carte postale afin qu'il organise la cavale de leur proche. Mais il y a toujours quelqu'un pour trahir en échange d'une cigarette ou d'une ration de viande. Rigal l'avait rejoint après sa première tentative d'évasion.

Rigal a vite repéré Clotilde à Genève grâce aux affiches. Il l'a suivie dans un bar fréquenté par les artistes. Il l'a bousculée au comptoir et s'est présenté. Le regard fardé de Clotilde s'est illuminé, elle l'a convié à s'asseoir à sa table. Ils ont évoqué le bon vieux temps et lorsqu'elle a décidé de rentrer, il a compris qu'elle désirait prolonger le moment magique des retrouvailles. Il a proposé de la raccompagner. Dans les rues désertes, ils ont déambulé. En vrai gentleman, il prenait congé sur le pas de la porte quand elle l'a attiré dans son appartement. Il ne cherchait pas à profiter de la situation, mais on ne se refait pas, n'est-ce pas ?

33

— J'ai introduit ma langue dans sa bouche sucrée. Enivré des épices de sa peau, j'ai déboutonné sa robe. Son jupon a glissé. Ces rêves qui brûlaient mon esprit au bagne se réalisaient enfin.

Jeannette écrase le pied de Léo de sa chaussure à chacun de ses soubresauts. Si Rigal découvre que Léo est le fiancé de Clotilde, il se refermera comme une huître.

En Guyane, Pascal Rigal s'est accroché au souvenir de Clotilde tandis qu'il se débattait dans un monde de hurlements. Dans les cellules, des hommes criaient leur désespoir et à l'extérieur, les vociférations des singes rouges retentissaient à des kilomètres à la ronde. Mais tout en lui convergeait vers la lumière qui filtrait à travers les barreaux où Clotilde l'appelait.

— Mes vêtements dans les bras, je suis sorti de la chambre sur la pointe des pieds pour ne pas la réveiller. J'ai reconnu le coffret sur l'étagère d'un buffet. J'ai d'abord pensé à une copie de celui qu'elle possédait autrefois, mais l'intérieur capitonné marron et or a confirmé qu'il s'agissait de l'original. Alors que je retirais les bijoux pour en vérifier le double fond, la porte s'est ouverte. En furie, elle m'a sauté dessus. Je craignais que le vacarme alarme les voisins. Elle ne m'a pas laissé le choix. J'ai écrasé l'ampoule sur un mouchoir dans la poche de mon pantalon.

Léo pousse un couinement de souris. Jeannette contient sa colère, elle fulmine contre son amateurisme impardonnable.

— Qu'y avait-il dans ce compartiment ?

— La preuve de mon innocence. Votre patron n'a pas voulu m'écouter, il a préféré se ranger du côté des puissants. Ramenez-moi le coffret et nous dénoncerons les abus de pouvoir de Davon.

— Je l'ai rendu à Clotilde.

Rigal bondit sur la grille en chien enragé et insulte Jeannette, ignorant les fers qui blessent ses poignets et chevilles. Joseph surgit, s'empare des chaînes sans ménagement et traîne le prisonnier comme un animal vers sa cage.

— C'était ma dernière chance de rétablir la vérité ! hurle le bagnard.

Léo est sous le choc. Jeannette tente de le rassurer sans conviction.

À la sortie, Joseph leur barre le chemin, les bras croisés sur la poitrine, les jambes écartées et les sourcils en bataille, le visage rougi par l'effort. Son humeur a viré de bord comme un bateau dans une tempête.

— Je m'en occupe, murmure Jeannette à Léo.

Elle essaie de se justifier face à Joseph qui s'obstine.

— Vous troublez l'ordre carcéral. Votre attitude est dangereuse.

— Oui, très, renchérit Octave appuyé sur son balai à l'ombre du mur.

— Voulez-vous que l'échafaud se dresse dans votre cour pour y décapiter la première femme depuis quarante-deux ans ? Si vous m'empêchez de faire mon travail, on montera des estrades pour que la foule enragée assiste au spectacle que vous lui offrirez. Votre nom rentrera dans l'histoire du théâtre de la mort lorsque le bourreau échancrera son corsage pour dégager la nuque. Votre gloire sera assurée.

Joseph s'approche si près que son haleine aillée vient chatouiller les narines de Jeannette.

— Vous nous prenez pour des idiots parce que nous sommes des subalternes. Qui nettoie le sang des hommes derrière vous ?

— Moi, dit Octave.

— Qui s'occupe de ceux que vous jetez au cachot ?

— Lui, pointe Octave.

— Qui monte à l'échafaud ?

— Nous ? demande Octave, d'une voix incertaine.

— Exactement, nous, les exécutants, les êtres inférieurs, ceux qui cirent vos bottes.

— Odette Dubreuil n'a rien d'une bourgeoise, elle vivait rue de Galles. Si nous ne faisons rien, elle sera guillotinée sous nos yeux.

Joseph lève les bras au ciel.

— Ces dames veulent l'égalité ! Ces dames prennent le travail aux hommes ! Antonin avait prédit que vous alliez mettre le bordel au journal. Il disait que plus rien ne serait comme avant. Et voilà qu'il est mort ! Et c'est de votre faute !

— Oui, à cause de vous, souligne Octave en pointant son balai.

— Calmez-vous, ceci est un malentendu !

Trois paires d'yeux ronds se tournent vers Léo.

— J'espère que vos paroles dépassent vos pensées parce que ce genre d'accusation mène en prison, conclut-il d'un ton professoral.

Trois bouches s'ouvrent à l'unisson. Jeannette reconnaît l'expert en débats d'idées à la faculté de Genève qui reprenait la main au moindre dérapage de ses étudiants. Puis, il invite Jeannette à le suivre. Un rendez-vous avec le directeur de la rédaction de *La Belle Garonne* les appelle.

Dans l'étroit passage entre le fort du Hâ et le palais de justice, Léo la sermonne.

Louis Vergnes entraîne avec effusion Léo Obi dans son bureau. Il s'impatientait, il a hâte de lui faire découvrir un restaurant dont il lui donnera des nouvelles ! Jeannette en profite pour les laisser à leurs retrouvailles. Une urgence l'appelle.

Elle rejoint sa tante sur le quai de la gare. Tandis que la locomotive crachote sa vapeur, Julia étreint sa nièce, les yeux rougis à cause de cette maudite fumée. Elles se disputent une dernière fois au sujet de Roger et Paul. Jeannette doit comprendre que Roger l'a dénoncée à la police pour attirer son attention.

— Dis à papa de venir s'expliquer devant la justice de son pays, répond-elle d'une voix étranglée.

Julia pose une main affectueuse sur son épaule, un air désolé sur le visage.

— Alain a toujours cherché à te protéger et il continuera…

Jeannette voudrait crier que c'est faux. Elle agite un bras en s'éloignant rapidement pour dissimuler ses larmes.

En chemin vers l'hôtel des Quatre-Sœurs, les informations éparses s'emboîtent dans son esprit. Rigal a accumulé les déboires à sa sortie de prison en 1923, d'abord avec Roger puis avec Lavoir et enfin avec Bernard Davon. Sa rancœur envers eux ne cesse de gonfler depuis son évasion.

Après le récit de Jeannette sur son entrevue avec Rigal, Clotilde se laisse tomber sur le bord du lit, le visage livide.

— C'est la vérité. J'ai menti à Léo. J'ai cru aux histoires de Pascal. Sa fortune faite au Venezuela… Il m'avait promis de m'emmener en Espagne, les Françaises sont très recherchées par les théâtres madrilènes. Mais il ne pensait qu'à se venger de Roger.

— Tu prétends qu'il lui aurait suffi d'une nuit pour te convaincre de le suivre en Espagne !

Clotilde baisse la tête puis avoue d'une voix à peine audible qu'ils ont profité de l'absence de Léo qui avait rejoint son frère, conférencier à Strasbourg. La veille du retour de Léo alors qu'ils devaient fuir Genève pour Madrid, Clotilde a surpris Rigal qui volait son coffret. Il l'a aussitôt neutralisée.

— Que vais-je faire ? Léo va me quitter et ma carrière sera brisée. Aide-moi, Jeannette.

— Qu'y avait-il à l'intérieur ?

Clotilde évite le regard de Jeannette.

— Les confessions de Pascal et Roger sur la mort d'Émile. Ils y reconnaissaient avoir leur part de responsabilité. C'était pour que la guerre s'arrête. Il fallait certifier aux cieux que le mal causé par Émile était réparé.

Clotilde hoche la tête comme une vieille dame en proie à ses souvenirs d'antan.

— Pascal et Roger étaient amoureux de moi. Mais je n'arrivais pas à me décider. Un jour, alors que nous nous promenions sur la plage, tous deux me tenaient par la main, comme d'habitude. Roger m'a demandé de choisir entre eux deux et d'en lâcher une. Impossible.

Jeannette connaît trop bien cette indécision.

— Pascal me serrait si fort qu'il a gagné. Roger n'avait pas imaginé perdre. Ensuite, quand Pascal mettait un bras autour de mes épaules ou qu'il me parlait à l'oreille, ça le rendait fou. Je voulais les garder tous les deux, je ne pouvais renoncer à l'amour de Roger.

— Où sont les confessions de Pascal et Roger sur la mort d'Émile ?

— J'ai tout brûlé et depuis c'est le chaos…

Un grand abattement envahit Jeannette.

— Où étais-tu quand ils se sont débarrassés d'Émile ?

Clotilde ne répond pas.

— Tu y étais, n'est-ce pas ? Tu as tout vu et tu as laissé faire !

Clotilde brandit un pistolet de son sac posé à côté d'elle et déclare d'une voix haineuse :

— Tu es tellement naïve !

Le cœur de Jeannette manque un battement.

— Quand je suis arrivée à la plage, Émile sortait la tête de l'eau. Je leur ai ordonné d'achever le travail, mais ils ne bougeaient pas, alors je me suis jetée sur lui. J'ai pesé de tout mon poids sur son dos et j'ai maintenu son crâne dans la vase. Il n'a pas résisté longtemps.

Deux solutions, fuir ou la désarmer.

— C'était de leur faute tout ça ! Ils ne croyaient pas au pouvoir de la boîte et si Pascal l'avait correctement cachée, rien ne serait arrivé.

Jeannette choisit de se jeter sur Clotilde. Un claquement. Une explosion dans son corps qui s'affaisse, puis le noir.

34

Quand elle reprend connaissance, pendant une fraction de seconde, elle se sent bien, mais la douleur irradie aussitôt dans son buste. Au prix d'un incroyable effort, elle ouvre une paupière, puis la referme. Où est-elle ? Qu'est-il arrivé ? Elle reconnaît l'odeur de l'éther. Rigal l'a-t-il endormie ? Elle ne bouge pas par crainte que son crâne explose. Son crâne… Le crâne d'Émile… Elle se souvient.

Elle perçoit des chuchotements. On lui prend la main. Elle voudrait la retirer, mais la force lui manque. Quelqu'un prononce son nom. La voix lui est familière, mais elle ne peut l'identifier. Une porte grince. Le silence. Les larmes coulent sur ses tempes. Puis elle sombre.

Le lendemain. Un jeune médecin annonce à Jeannette que la balle s'était logée sous sa clavicule gauche. Ce qui ne devrait pas l'empêcher d'écrire ses articles. Il a beaucoup apprécié celui sur ce magistrat dont il a oublié le nom. Jeannette, le bras en écharpe, sourit tristement.

Dès que le praticien quitte la chambre, Vergnes accompagné de Léo entre. Elle a l'impression de revoir ce dernier après une éternité tant il semble vieux. Les traits tirés, le regard éteint. L'air emprunté de Vergnes qu'elle ne lui connaît pas le rend touchant. Elle se rend compte combien sa vie a été mise en danger. Le patron parle boulot. Rigal encourt quelques mois de prison qu'il effectuera ici avant de retourner en Guyane. Elle hoche la tête. Tout lui semble loin. Puis Vergnes lui annonce qu'elle devra faire une déclaration à la police. Clotilde Torres a été arrêtée.

— C'était un accident. Elle voulait me montrer son pistolet et le coup est parti…

Léo paraît soulagé. Vergnes lève un sourcil. Paul entre à ce moment-là et leur demande de les laisser.

Les yeux brillants, il lui prend la main et la pose sur sa joue. Elle espère qu'il dise quelque chose comme : « J'ai eu si peur pour toi. » Mais il se tait.

Jeannette attend Clotilde à la sortie du commissariat. Elle a certifié à la police qu'il s'agit d'un malheureux accident. Elles sont amies.

Clotilde à la beauté accentuée par un masque de douleur retourne à l'hôtel sans un regard pour elle. Elle monte dans sa chambre et referme la porte derrière Jeannette.

— Tu veux des remerciements, c'est ça ?

— Non, un arrangement.

— Trop tard, je suis libre.

— Je peux encore changer ma déclaration. Dire que les souvenirs me reviennent maintenant et t'accuser. Tu seras jugée et ta carrière terminée.

Jeannette sait qu'en l'attaquant sur ce terrain elle a une chance de la faire plier.

— Qu'attends-tu de moi ?

— Que tu témoignes à la barre, au procès d'Odette pour qu'elle bénéficie de circonstances atténuantes.

Clotilde, mains sur les hanches, les cheveux en bataille, l'œil sombre, est figée telle la statue d'une déesse grecque. Puis un imperceptible signe de la tête indique à Jeannette qu'elle a gagné ou presque…

Rigal a été condamné à quatre mois de prison qu'il purgera à Bordeaux. Jeannette est de retour au journal et refuse de soutenir son bras avec une écharpe. Elle se porte bien.

Elle écrit un article. La ville est sens dessus dessous à cause de la lettre ouverte de Lavoir. D'après les rumeurs, la ligue fantôme va mener des représailles rue de Galles pour faire monter la tension, mais Perchet contrôle le quartier. Le procès Dubreuil clôturera l'ère Davon. Bordeaux retrouvera-t-elle pour autant sa sérénité après le verdict ? Et surtout quel sera-t-il ?

Elle pose sa plume et lève le regard. Jeannette a négocié le témoignage de Clotilde, mais rien ne l'oblige à tenir son engagement. Elle peut sauter dans le prochain train pour Genève.

Si Clotilde était accusée d'avoir tiré sur Jeannette, elle refuserait de révéler son implication dans la mort d'Émile. Tout dépend d'elle. Jeannette ne partage ce secret avec personne par crainte qu'on lui reproche de prendre trop de risques. Elle ne veut pas douter. Pas maintenant.

Paul entre dans la salle de rédaction.

— Tu dois te reposer.

Elle secoue la tête.

— J'ai une surprise pour toi, mais je crains que tu ne puisses l'utiliser tout de suite. Viens.

Dehors, elle cligne des yeux, étonnée.

— C'est pratique pour se déplacer en ville, ou à la campagne.

C'est le vélo de la mère de Paul. Elle ne peut plus s'en servir à cause de son arthrose.

— Lorsque cette affaire sera terminée...

— Pas de projet, s'il te plaît, l'interrompt-elle, la voix éraillée.

L'horizon n'existe pas. Un procès obstrue la vue comme un orage menaçant.

— Il est pour toi.

Elle refuse en souriant. Il insiste. Elle accepte à une condition, puis lui tend une pièce tirée de son porte-monnaie.

— Les bons comptes font les bons amis.

— On est donc amis ?

En guise de réponse, elle baisse les yeux.

— On va boire un verre pour fêter ton rétablissement !

Elle refuse de voir les gens trinquer aux terrasses ou dîner au restaurant. Les prédateurs arrivés de tous horizons ont envahi Bordeaux qui est en train de devenir une ville noire avec en ligne de mire l'exécution d'une femme. Quel message ! Vous réclamez l'égalité ? La voici ou renoncez... Ses pensées la dépassent. Elle se retourne. La lune illumine ses yeux sombres.

— Non, je ne veux pas me mêler aux vautours.

— Alors, on va chez Charles. Il met les charognards dehors à coups de pied dans le derrière. Monte sur le guidon, je serai prudent. Tu n'as pas à avoir peur pour ton épaule.

Dans sa course vers les quais, le vélo tangue sous le poids plume de Jeannette. Elle crie le nom de son compagnon à chaque soubresaut sur les pavés. L'excitation du moment met sa douleur entre parenthèses. Ils rient et ça fait du bien. Au moment de tourner, les freins ne répondent plus. Un tramway arrive. La collision semble inévitable, les pensées de Jeannette se figent. Une charrette tirée par un maraîcher surgit. Le vélo heurte la carriole. Le monde bascule.

Pendant qu'un homme hurle que sa récolte de la semaine est fichue, Jeannette se demande si elle est vivante. Du sang coule le long de son bras, les points de suture ont lâché. Le choc l'a projetée sur un chargement de légumes. Elle s'inquiète futilement des auréoles d'un vert douteux sur sa robe gris perle en essayant de s'extraire du tas de courgettes écrasées. Paul ? Elle le cherche du regard tandis que l'ouvrier tourne autour de son véhicule en se tenant la tête. Elle crie son nom une fois, deux fois, trois fois. Puis il sort de dessous la charrette. Elle se jette dans ses bras. Il dépose un baiser tremblant dans son cou. Elle penche son visage et leurs lèvres se rencontrent. Le monde chavire de nouveau.

— Tu es blessé, constate-t-elle en lui essuyant une joue de ses doigts.

— Non, je suis guéri.

Le vélo tordu à leurs pieds vient de connaître la plus belle mort pour un engin en ferraille. Les jambes de Jeannette se dérobent.

Elle se réveille une nouvelle fois à l'hôpital. Paul, à ses côtés, lui caresse les cheveux collés à son front par la sueur. Il murmure des paroles rassurantes qu'elle n'a pas entendues depuis si longtemps. Les mots de l'amour. Elle voudrait que la course du temps s'arrête. Que le monde attende qu'elle ait fini de savourer cet instant, mais une infirmière saisit le chariot, on doit recoudre sa plaie.

Une heure plus tard, Paul la raccompagne chez elle. Ils marchent lentement en se racontant leur enfance. D'abord celle de Paul entre yeux au beurre noir et chants de victoire après les matches de rugby. Celle de Jeannette à jouer dans le sable et à manger le poisson pêché par son père le dimanche à Claouey. Le temps de l'innocence, de la pureté. Les paroles tendres de Paul la font frissonner.

Arrivée devant son immeuble, elle sait qu'il suffit d'entrer et des pas résonneront derrière elle, puis la nuit se finira entre ses bras. Elle voudrait qu'il en soit ainsi et en même temps elle n'est pas sûre de pouvoir donner à Paul ce qu'il attend d'elle. Son amour confiant l'effraie. Alors elle hésite, elle sent son souffle chaud sur sa nuque. Elle pousse la porte cochère. Elle monte les premières marches sans se retourner comme elle l'a imaginé, le cœur qui bat trop fort, mais rien ne se passe. Elle s'arrête et cherche une ombre sur la pierre. Rien. Elle regarde par-dessus son épaule. Aucune silhouette ne se découpe dans l'ouverture. Elle s'assied en haut de l'escalier et attend. Quand l'espoir a disparu, elle se lève en grimaçant.

35

Trois jours d'audience couvriront le procès d'Odette Dubreuil qui comparaîtra demain devant le jury de Bordeaux. À la lecture de l'acte d'accusation par le greffier Bergeron, le crime apparaîtra d'une simplicité déconcertante. L'avocat général Bordier affirmera qu'Odette Dubreuil a tué par vengeance. Vengeance pour la condamnation d'un marin ou pour des raisons troubles. Tels sont les faits, tout le reste ne serait-il que dentelle ? Pourtant, certains soutiennent que le meurtre a été commis avec la complicité d'un mystérieux aviateur. Jeannette arrête d'écrire, l'information a traversé les murs de l'étude des avocats d'Odette. Jeannette a joué cartes sur table avec le vieil avoué Boyer. La famille du médecin qui a pratiqué l'autopsie d'Émile a coopéré, mais le berger qui a formellement reconnu Rigal ne témoignera pas.

Le bourdonnement de quelques mouches à la recherche d'un courant d'air lui tient compagnie dans la vaste salle. L'absence de Paul la réjouit, elle ne saurait quelle attitude adopter face à lui. Ont-ils entamé une relation amoureuse ou était-ce un simple baiser sans conséquence ? Paul est si gentil. Elle pourrait se laisser chérir. Même si son cœur fond quand il lui sourit. Même si elle se sent bien avec lui, elle ne l'aime pas. Parce que l'amour c'est différent. Il se mesure dans les déchirures et elle ne veut pas se mettre à l'épreuve. Pourtant, hier, elle aurait cédé... Peu importe, ce n'est pas arrivé.

Ses pensées se tournent vers Roger. Pas une fois, il ne s'est inquiété de sa santé depuis sa blessure par balle, il l'évite même.

— JR !

Endimanché et le teint frais, le patron semble dans les meilleures dispositions en s'avançant vers elle. Il s'appuie sur une canne, sans doute à cause de ses problèmes de dos que son nouveau fauteuil n'a pas réussi à soulager. Jeannette se demande quel genre d'homme il est en privé. Au journal, il peut se montrer bienveillant et même paternel avec ses jeunes reporters puis l'instant d'après lancer des piques.

— Vous allez à une réception ?

— J'accueille la veuve d'un des plus grands gangsters de notre siècle. Léo va me la présenter.

Reine Torres est arrivée ce matin à Bordeaux, elle s'inquiète pour sa fille. Jeannette a refusé que sa tante fasse le déplacement, elle concentre toute son énergie sur le procès. Vergnes se gratte les cheveux avant de poursuivre :

— Jeannette, vous savez combien je vous estime.

Non, elle n'en a pas la moindre idée.

— Votre courage égale celui de bien des hommes, mais nous devons nous rendre à l'évidence. Vous avez échoué. Notre ville est en train de se transformer en Babylone.

Elle ne répond pas. Elle attend qu'il s'éloigne, mais il ne bouge pas.

— Si vous ne venez pas au procès demain, je comprendrai. Je me charge d'en faire la couverture.

Elle lève les yeux sur lui.

— J'y serai.

Roger ouvre la porte avec fracas à ce moment-là.

— Clotilde a disparu !

Abandonnant derrière elle un Vergnes déconcerté, Jeannette se précipite à la suite de Roger. La voix hachée par sa marche rapide, il explique que Reine a trouvé la chambre de sa fille vide. Personne n'a revu Clotilde depuis son petit-déjeuner d'hier. Elle ne s'est pas présentée le soir chez lui pour dîner. Depuis le coup de feu, elle refusait la visite de Léo, Roger est le seul qu'elle acceptait de rencontrer.

Ils se rendent à l'hôtel des Quatre-Sœurs où Reine Torres et Léo les attendent. Léo se jette dans les bras de Jeannette. Reine l'embrasse du bout des lèvres. Dans la chambre où Clotilde a été installée après son tir au pistolet, ses vêtements jonchent le parquet. D'après Reine, il manque une robe blanche.

Jeannette leur reproche de perdre du temps et organise le quadrillage de la ville. Roger se charge des quais. Léo de la gare, et Jeannette et Reine du centre-ville.

Devant le grand théâtre, le cœur de Jeannette se serre. Elle se revoit en costume d'homme au bras de Roger. Pourquoi le sort les a-t-il réunis en de si graves circonstances ?

Tandis que les deux femmes traversent le cours de l'Intendance, une robe blanche disparaît au coin d'une rue. Jeannette court en vain et la douleur se réveille. En poursuivant leurs recherches au hasard, elles découvrent des ruelles méconnues du commun des mortels. Jeannette aime cette ville minérale où pierre et eau s'unissent en son nom. Pourtant à Genève elle avait trouvé une sorte de paix auprès de sa tante. Julia ressemble au père de Jeannette dans ses comportements abrupts, avare d'effusions ; mais sur le quai de la gare, elle a tombé le masque et exprimé ses sentiments. Jeannette en est bouleversée. Néanmoins, les pensées étroites de Julia l'empêchent de se confier. L'océan de douceur de sa mère lui manque encore plus depuis qu'elle est revenue à Bordeaux où elle se débat seule pour mener sa vie, fidèle à ses convictions.

Derrière la vitrine d'un magasin de bibelots, elles aperçoivent une silhouette blanche, mais ce n'est pas Clotilde. L'habitude guide Jeannette devant le palais de justice. L'angoisse l'étreint. Demain se jouera le sort d'une femme entre ces murs. Elle se laisse tomber sur les marches. Un corbeau s'avance à petits sauts vers elle, puis il s'immobilise et la fixe de ses yeux luisants en ouvrant le bec. Si l'oiseau parlait, elle n'en serait pas surprise tant il paraît humain. Peut-être aurait-il la voix de Roger. Incapable d'agir au grand jour, celui-ci exprime sa douleur sous couvert d'anonymat. Cependant Jeannette a remarqué une assurance qui lui faisait défaut jusqu'ici, et ce malgré son inquiétude pour Clotilde.

Elle ne réussit pas à refouler le flot des larmes qui barbouillent ses joues.

— Ne restez pas là en plein soleil, mon petit, dit Reine. Prenez mon bras et racontez-moi tout.

Après avoir retrouvé son calme, Jeannette explique combien elle comptait sur les révélations de Clotilde afin d'obtenir des circonstances atténuantes pour Odette Dubreuil. Elle pose des mots sur cette tentation qui aurait pu être l'ultime recours bien que depuis le début de cette affaire, elle refuse le sacrifice d'une vie pour en épargner une autre.

Lorsque le soleil se cache derrière les immeubles, lorsque la ville respire un peu mieux, lorsque le vent se lève, lorsque les nuages s'amoncellent, lorsque les lumières s'allument peu à peu, Clotilde reste introuvable.

Jeannette observe les cumulonimbus se livrer à une course dans le ciel. L'orage gronde. Elle presse le pas pour attraper un tramway. À sa descente, une pluie drue la trempe jusqu'aux os. Devant son immeuble, une main saisit son poignet. Paul l'attire à lui. Il la plaque contre lui en murmurant à son oreille. Son odeur troublante, et ses bras réconfortants l'appellent. Comment y résister ? Toutefois, elle le repousse.

— Qu'est-ce qui te prend ?

— Je croyais qu'on était d'accord…

Elle monte l'escalier quatre à quatre et claque la porte de son appartement. Ce n'est pas le moment. Pas maintenant ! Pas maintenant. Pas maintenant…

La chemise de nuit collée à son corps en sueur, elle se réveille en sursaut. Pendant une fraction de seconde, un éclair noie la chambre d'une lumière bleutée, puis l'orage secoue l'immeuble avec colère. Il est 3 heures du matin. Elle attendra le lever du jour, imprégnée de la sensation irréelle de la peau de Paul contre la sienne.

36

On pourrait mesurer l'horreur d'un crime au nombre de curieux attirés par l'odeur du sang, l'exhalation morbide de la sentence suprême. L'air chargé d'humidité est aussi pesant que l'ambiance qui règne aux abords du palais de justice. Le soleil se fait une place entre les nuages, pressé d'assister au spectacle. Les yeux de Jeannette se réduisent à un trait à la recherche de celui dont l'ombre balaie le sol. Le corbeau. Il la salue d'un croassement et continue sa danse.

Jeannette fend une foule menaçante où se mêlent les générations, les conditions et les sexes. Une majorité de femmes, des jeunes, des vieilles, des riches, des pauvres, à l'air anxieux ou excité, toutes avides de connaître enfin les raisons qui ont poussé une des leurs à tuer un magistrat. Des hommes aussi, au regard noir et à la bouche pleine d'injures. Combien parmi eux ont adressé des demandes en mariage ou des lettres enflammées à Odette Dubreuil ? Elles sont arrivées par centaines et ont envahi le bureau du gardien-chef de la prison sans être ouvertes.

Le bruit court que le représentant d'Odette Dubreuil souffre d'une crise de goutte, et l'avocat général Bordier s'est blessé à cheval. Malgré tout, il est trop tard pour renvoyer le procès parce que le président des Assises Paré n'a pas été prévenu. Le vieil avoué Boyer enverra peut-être un de ses collaborateurs aptes à plaider au pied levé.

En gravissant les marches, Jeannette regarde l'extrémité droite du bâtiment où Odette Dubreuil a frappé de onze coups de couteau Bernard Davon. La gorge serrée, elle traverse la salle d'audience où le public se tasse debout. Elle s'assied à côté de Vergnes qui ne répond pas à son salut, immobile et blême. Puis il s'enquit de Clotilde.

En raison de la longueur des débats, deux jurés supplémentaires et un juge adjoint à la cour sont nommés.

Vêtue de noir, Odette Dubreuil s'avance d'un pas lent, trébuche puis se laisse tomber sur le banc des accusés. L'héroïne du crime qui a fait couler l'encre, suscité les curiosités et déchaîné les passions semble usée par le malheur. À proximité, son nouvel avocat, une femme à la bouche rouge sang, mouche sur le menton, regard blasé, et chevelure auburn, adresse un salut de la tête à Jeannette qui la fixe. Vergnes qui a capté l'expression ébahie de sa journaliste explique d'un ton méprisant :

— Maître Castillo. Une dure à cuire qui n'a pas attendu que le vieux Boyer mette un pied dans la tombe pour prendre sa place.

L'absence de Boyer inquiète beaucoup Jeannette. D'un bref mouvement de tête, Vergnes attire son attention sur Castillo en train de parcourir les feuillets.

— Une vraie tueuse…

Vergnes s'interrompt lorsque le greffier fait la lecture de l'acte d'accusation. Le passage consacré à sa visite au bureau de Davon ainsi que celui relatant son crime laisse sans réaction la frêle Odette Dubreuil.

Les conseils et avoués de la famille Davon représentent la partie civile – absente de cette première audience.

L'interrogatoire du président Paré commence par inviter Odette Dubreuil à sortir de son silence devant ceux qui vont la juger. Elle acquiesce. Puis Paré évoque le milieu familial d'Odette Dubreuil. Le mari jardinier à l'aérium d'Arès qui décéda à la guerre. Recueillie avec pitié par sa sœur, puis chassée pour paresse par son beau-frère, elle échoue rue de Galles au lieu de mener une vie honnête. Puis elle devient la maîtresse d'un souteneur de prostituées, le patron du bar Le Crystal. Lieu de perdition fréquenté par les marins des quais comme Marcel Truchaud qui a sauvagement assassiné une famille de commerçants l'année dernière. C'est alors qu'elle reçoit la visite d'un mystérieux aviateur...

Le président ne semble guère croire à son existence.

— Tout ce que l'on sait par vous, c'est qu'il portait un blouson, un casque noir et des lunettes rondes.

Quand on en vient au mobile, Odette Dubreuil paraît plus attentive. Il faut définir si, comme elle l'a déclaré, le magistrat Davon a abusé de son pouvoir dans le but de dissimuler un crime. Odette se contente d'écouter le président qui rappelle les griefs, puis montre aux jurés des pièces à conviction comme une lettre anonyme, un couteau taché de sang. Puis elle relate sa visite à Davon.

— J'ai prétexté avoir besoin d'un avis éclairé sur une affaire ancienne. Pendant l'entrevue, j'ai dit que j'avais la preuve que mon petit Émile avait été tué, et que lui avait fait croire à une mort accidentelle. Il m'a alors jetée dehors.

— À ce moment-là, vous aviez déjà l'intention d'assassiner l'avocat général Davon, constate Paré.

— Non. Je voulais qu'il reconnaisse sa faute.

Comme les jurés se plaignent de mal l'entendre, on conduit Odette Dubreuil au milieu du prétoire, puis elle précise.

— L'aviateur n'a fait que confirmer ce que mon mari pensait : M. Davon avait maquillé le meurtre de notre fils en accident, avec la complicité du médecin d'Arès.

— Ainsi, il y va d'une conspiration ! Quel intérêt aurait un magistrat à s'allier à un médecin pour « maquiller » comme vous dites, un meurtre en accident ? Malheureusement, tous deux ont emporté la réponse dans la tombe. Cependant nous savons que l'avocat général Davon a défendu la justice tout au long de sa carrière et l'a prouvé maintes fois dans ses réquisitoires. Quant au docteur Fontan d'Arès, il était respecté et apprécié.

Jeannette cherche en vain un frisson sur le visage du président qui trahirait son aversion envers celui qui convoitait sa place. Après une courte pause, Paré demande :

— Quelle est donc cette preuve que vous évoquez et qui n'apparaît pas dans le dossier ?

— C'est l'aviateur qui devait me la fournir…

— Et pourquoi ne l'a-t-il pas fait ?

— …

— Plus fort, s'il vous plaît, on ne vous entend pas !

— Il n'est pas revenu et puis il y avait prescription…

— Trois mois plus tard, presque jour pour jour, vous assassinez Bernard Davon. Entre-temps vous avez assisté à toutes les audiences de celui-ci.

Odette acquiesce.

— Pourquoi ?

— Je me demandais pourquoi un représentant de la loi avait droit à l'impunité. Je cherchais une explication.

— L'avez-vous trouvée ?

Odette répond non.

— Vous auriez plutôt dû vous interroger sur ce mystérieux aviateur qui n'est pas revenu. Votre besoin de vengeance vous a aveuglée.

Odette baisse la tête comme une condamnée.

— Votre rancœur était telle que pendant cette période vous avez adressé une lettre anonyme à Bernard Davon. Pièce à conviction n° 2, remise à la police par le journaliste Antonin Lavoir, aujourd'hui décédé.

— Non, je n'ai rien envoyé !

— Qui d'autre aurait pu menacer Bernard Davon selon vous ?

Jeannette n'écoute pas la réponse, elle revoit brûler les feuilles dans son ancien appartement.

— Ce mystérieux aviateur a-t-il seulement existé en dehors de votre tête ?

En fin d'audience, les policiers qui ont procédé aux premières constatations sont entendus.

Au moment de quitter la salle, maître Castillo fait signe à Jeannette de s'approcher.

— Demain, je vous appellerai à la barre.

37

Au deuxième jour d'audience, Roger Davon s'avance vers la barre, la mine grave et en costume neuf. En passant devant le banc des accusés, il marque un temps d'arrêt. Sa déclaration au sujet de la découverte du corps de son père sonne aux oreilles de Jeannette comme les propos de Lavoir sur la route du sanatorium. Puis le Président le questionne sur son séjour à l'aérium d'Arès.

— Avant que le jeune Émile Dubreuil se noie, le 8 juillet 1914, vous vous êtes querellés. Quelle en était la raison ?

— Une dispute d'enfants. Il avait volé un coffret à notre amie Clotilde.

— Notre ? À qui faites-vous allusion ? interroge maître Castillo, avocate de la défense.

— Clotilde Torres, Pascal Rigal et moi étions inséparables.

— Pascal Rigal, le bagnard évadé qui témoignera, précise le président Paré.

— Pascal désirait donner une leçon à Émile, il s'est alors jeté sur lui et ils sont tombés. La tête d'Émile a heurté une grosse pierre.

— Vous voulez dire que c'est arrivé par accident ou le dénommé Rigal l'a fait sciemment ? intervient Castillo.

Roger semble hésiter. L'avocate lui rappelle qu'il a prêté serment. Toute la lumière doit être faite sur la mort d'Émile Dubreuil afin de déterminer avec précision les mobiles de l'homicide.

— Un accident, confirme Roger.

À l'époque, le docteur Fontan a supposé que le garçon Émile avait rampé jusqu'à l'eau. Qu'a-t-il à dire à ce sujet ?

— C'est moi qui ai tiré Émile.

Des murmures d'étonnement s'élèvent dans la salle. Vergnes pousse Jeannette du coude.

— Pour qu'il se noie, observe Castillo.

— C'était juste pour éviter la colère de Clotilde. Ensuite, nous sommes rentrés à l'aérium.

— Qui, nous ? Vous trois ?

— … Oui.

— Nous avons un problème, monsieur Davon, intervient Castillo. Parce que la famille du docteur Fontan a ouvert ses archives dans lesquelles un document sur ses premières constatations indique qu'il y avait des traces noires dans les poumons du petit Émile. Cela veut dire qu'on lui a certainement maintenu la tête dans la vase.

Nouvelle surprise pour l'assemblée. Le corps tendu comme un arc, Jeannette n'arrive pas à détacher ses yeux de Roger.

— Ce n'est pas moi !

— Qui, alors ?

Roger regarde Odette Dubreuil puis déclare :

— Je ne sais pas…

Un brouhaha s'élève. Le président suspend la séance et informe que Clotilde Torres sera appelée à la barre à la reprise de l'audience.

Mais Clotilde ne se présente pas. On fait alors avancer Pascal Rigal, enchaîné, le visage détendu. Il adresse un bref salut de la tête à Jeannette. Après l'introduction d'usage, l'avocate demande :

— Reconnaissez-vous la prévenue du nom d'Odette Dubreuil ici présente ?

Pascal Rigal fixe Odette, les yeux plissés.

— Non… Je n'ai jamais vu cette femme.

Maître Castillo sourit en coin comme si elle préparait un mauvais coup.

— Pourtant vous l'avez croisée à maintes reprises à l'aérium où elle s'occupait du linge.

— Je ne m'en souviens pas, il y a si longtemps…

L'air de Castillo se fait menaçant.

— Avez-vous recherché Odette Dubreuil ?

— Je n'en avais aucune raison.

— Mais vous haïssez la famille Davon, vous la tenez responsable de tous vos malheurs.

— C'est loin, tout ça.

— Avez-vous fréquenté la rue de Galles ?

— J'y suis allé, en effet. On y trouve de la chair fraîche, dit-il, goguenard en regardant le public.

Un « oh » général résonne.

— Vous êtes-vous rendu au bar Le Crystal dans cette rue ?

— C'est possible.

L'avocate le somme de répondre par oui ou par non. Il acquiesce.

— Vous arrivait-il de porter une tenue d'aviateur ?

— Les femmes aiment les uniformes.

L'assemblée s'agite.

— Vous êtes-vous présenté devant Odette Dubreuil en habit de pilote ?

— Non. Je le répète, je ne la connais pas. D'ailleurs, la police n'a retrouvé ni blouson ni casque dans mes affaires lors de mon arrestation.

Le président s'adresse à Odette Dubreuil.

— Reconnaissez-vous cet homme comme étant l'aviateur qui vous a rendu visite ?

Les grands yeux cerclés de noir d'Odette se posent sur Rigal.

— Je n'ai pas vu son visage.

— Sa voix, celle de l'aviateur, insiste Paré.

— Je ne crois pas, elle était plus... mélodieuse.

Puis Paré s'adresse de nouveau à Rigal :

— Pourquoi êtes-vous revenu à Bordeaux dans ce cas ?

— Pour revoir ma mère, mais elle est morte...

Murmures.

Jeannette se présente à la barre.

— Mademoiselle Routier vous avez fait progresser l'enquête de façon sensible, pourquoi avez-vous déployé toute cette énergie ?

— Lorsque j'ai rencontré Odette Dubreuil pour la première fois, j'ai tout de suite senti qu'elle portait une profonde déchirure dans son cœur. La blessure d'une mère.

J'ai voulu lui venir en aide et elle a accepté de me faire confiance.

— Ne serait-ce pas plutôt pour disculper votre amant Roger Davon de la mort d'Émile Dubreuil ? assène maître Castillo.

L'assemblée s'agite tandis que Jeannette rouge de honte bafouille.

— Vous avez orienté les doutes vers Pascal Rigal pour l'accuser parce que c'est la seule façon que vous avez trouvée de blanchir la prévenue, déclare Castillo le doigt pointé vers Jeannette.

— Non ! hurle-t-elle.

Un chahut retentit. La séance est levée.

Le témoin suivant est une femme à l'élégance naturelle et aux yeux d'un bleu profond. Maître Castillo l'interroge pour mieux cerner la personnalité de la victime.

— Je m'appelle Jacqueline Davon née Souchet et mariée à Bernard Davon. J'arrive de Saint-Malo où je vis depuis que Bernard m'a chassée du domicile conjugal en 1914. Ce matin-là, il m'avait enfermée dans le débarras de notre appartement après m'avoir bâillonnée et attachée. Il le faisait chaque fois qu'il avait quelque chose à me reprocher : une tache au sol, de la poussière sur un meuble, une journée difficile au tribunal. Mais je n'en comprenais pas la raison cette fois. Je suis restée sans boire ni manger. Lorsqu'il est revenu seul le soir. Il a dit qu'il avait mis notre fils Roger à l'abri. Selon lui, j'étais dangereuse pour notre enfant et je devais disparaître avant qu'il ne s'en charge lui-même. Il m'a donné de l'argent et m'a ordonné de m'installer à Saint-Malo dans une maison dont il m'a fourni l'adresse et la clé. Sur place, j'ai répondu aux curieux avec l'histoire que Bernard avait préparée. J'étais la cousine de celui qui avait exproprié un armateur criblé de dettes. Bernard a aussi exigé que j'envoie à son bureau une preuve de ma résidence à Saint-Malo par lettre à Pâques et Toussaint.

Ébahie, Jeannette se demande si la scène à laquelle elle assiste est réelle. Comment Roger a-t-il fait pour retrouver sa mère ?

Roger Davon est alors rappelé à la barre afin d'éclaircir certains points. Et Jeannette découvre à quel point il ressemble à sa mère. La voix tremblante, il revient sur la disparition de Jacqueline Davon.

— Quand la guerre a éclaté et que mon père est arrivé à l'aérium, il a longuement discuté avec le docteur Fontan avant que celui-ci ne rende ses conclusions. Je suppose qu'il a expliqué que je n'étais pas encore au courant du décès de ma mère et qu'il fallait m'épargner une punition qui aggraverait ma douleur et mettrait en danger ma santé fragile. Lorsque nous sommes rentrés à Bordeaux, j'ai vite oublié le pauvre Émile, effondré par la mort de ma mère.

Roger plonge son regard limpide dans celui de la prévenue, puis il poursuit sa déclaration.

— Je ne pouvais pas me recueillir sur sa tombe, elle avait été inhumée à Lyon. Je ne devais pas découvrir la vérité puisque nous ne fréquentions pas mes grands-parents maternels… En 1923, je suis entré au journal *La Belle Garonne* sous la houlette d'Antonin Lavoir. Celui-ci voulait m'obliger à assister à l'exécution d'un parricide. Je me suis enfui à Lyon pour trouver du réconfort sur la tombe de ma mère, mais au cimetière son nom n'était pas gravé sur le caveau familial.

L'agitation gonfle, le président Paré frappe son marteau sur le socle avec vigueur pour obtenir le silence. Vergnes sonde le visage de Jeannette. Elle répond par un signe de tête. Oui, elle savait. Un rictus d'agacement lui échappe. Roger poursuit.

— Alors j'ai follement espéré qu'elle soit vivante. J'ai eu le courage de revenir à Bordeaux. J'ai repris le travail au journal, mais pour couvrir les événements artistiques et aussi avec l'intention de démasquer mon père. Je pensais qu'il avait dissimulé son cadavre quelque part, mais je n'avais aucune piste. L'année dernière, sa promotion au rang de président du tribunal, m'a mis dans une rage démesurée et j'ai décidé de lui faire peur. Je voulais qu'il croie que quelqu'un savait qu'il avait tué ma mère et que sa carrière était en péril.

— Comment avez-vous procédé ?

— J'ai commencé par lui envoyer des lettres anonymes.

Vergnes chuchote à l'oreille de Jeannette. « Je suppose que ce n'est pas une surprise pour vous… »

— Comme la pièce à conviction n° 2 ?

— Oui, mais ce n'était pas suffisant, alors j'ai recherché Mme Dubreuil. Je me suis procuré une tenue d'aviateur pour ne pas être reconnaissable.

Le sang pulse dans l'épaule blessée de Jeannette. Elle grimace au bord de l'évanouissement.

— Qu'avez-vous fait de cette tenue ?

Vergnes murmure. « Là, vous avez merdé, mon petit… »

— Je m'en suis débarrassé. Comme je n'avais aucune preuve à fournir à Mme Dubreuil sur le décès d'Émile, je ne suis pas revenu. J'espérais qu'elle pousse mon père dans ses retranchements, qu'il se sente en danger, qu'il comprenne que sa carrière pouvait partir en fumée sur un simple claquement de doigts. Il devait payer pour la disparition de ma mère, mais je ne souhaitais pas sa mort !

Paré frappe son marteau sur le socle avec une grande énergie pour obtenir le silence.

38

Enfin, Reine Torres apparaît dans une robe noire boutonnée jusque sous le menton. Une tenue de deuil hors saison. Elle retrace ses retrouvailles avec Bernard Davon.

— Lorsque je suis arrivée à Bordeaux avec ma petite Clotilde, j'étais désespérée. Nous étions la famille d'un grand criminel. Le procès faisait rage, j'étais pourchassée par une meute fanatique. Bernard était mon dernier recours. Nous avions été très amoureux dans notre jeunesse, c'est pourquoi j'ai sollicité son aide. Quand je me suis présentée à son bureau un soir, sa réaction est allée au-delà de mes attentes. Il n'avait cessé de penser à moi pendant toutes ces années. Il m'a annoncé avoir perdu sa femme depuis peu. Il m'a alors loué une chambre dans un hôtel. Je pouvais enfin me reposer sur quelqu'un. Aussitôt, Roger et Clotilde ont été envoyés à l'aérium. Ce furent les plus belles semaines de notre vie. Nous avons rattrapé le temps. Il m'interdisait de sortir à cause des commérages ; sa période de veuvage n'était pas terminée. Quand il a ramené les enfants, j'ai compris qu'il s'était passé quelque chose de grave.

Les mains de Jeannette tremblent. Reine observe Odette Dubreuil. Les deux femmes échangent un long regard.

— Je connais la raison de la vase dans les poumons d'Émile Dubreuil.

Et Paré, visage rouge, veines gonflées sur le cou, frappe et frappe pour obtenir le silence.

— Oui, ma fille Clotilde était présente quand Roger a tiré le corps d'Émile jusqu'à l'eau. Puis elle a maintenu sa tête dans la vase. Elle me l'a avoué.

Étrangement, l'assemblée reste muette sous le coup de cette déclaration.

— Ma vie était scellée à jamais à celle de Bernard et d'horrible façon. Installée à Genève, il devait me rendre visite deux fois par an, mais je ne l'ai jamais revu.

Dernière audience après deux jours d'intense émotion. Lors de son réquisitoire, l'avocat général Bordier, bras en écharpe, estime qu'il est inutile d'insister sur le crime reproché à Odette Dubreuil. Les débats ont suffisamment éclairé les jurés.

— C'est un verdict affirmatif que je vous demande. Un verdict de justice et de vérité qui sera en même temps un verdict d'équité.

Castillo dresse ensuite le portrait d'une victime démoniaque qui abusait de son pouvoir sans scrupule. La mère qu'elle est implore les jurés de se représenter la détresse de leurs épouses si la vie de leurs chérubins était volée dans des conditions similaires. La colère, le chagrin, la démence s'empareraient d'elles… Le besoin de justice est humain, et la société doit en garantir l'assouvissement dans les règles. La seule responsable de la mort de Bernard Davon est la prescription qui prive d'une juste sanction des auteurs de crimes odieux. En fin de compte, Bernard Davon a aussi protégé son enfant comme tout autre parent, mais en abusant de son pouvoir il a signé un pacte avec le diable. Il a d'abord privé sa propre femme de son fils en l'éloignant sous la contrainte. Puis il a privé une autre mère de la vérité sur la fin tragique de son enfant.

Le président Paré demande à Odette Dubreuil si elle a quelque chose à rajouter à sa défense.

— Je regrette que mon défunt mari soit parti sans connaître la vérité sur la mort de notre enfant.

Les jurés se retirent dans leur salle de délibération. Ils y restent une heure et reviennent avec le verdict.

Un brouhaha emplit la salle puis oscille entre soulagement et indignation à l'annonce du verdict. Odette est condamnée à cinq ans de réclusion. Jeannette tombe dans les bras de Vergnes.

À la sortie de la salle d'audience, Roger retient Jeannette et l'attire à l'écart.

— Je voudrais te présenter ma mère.

Les deux regards bleus qui se tournent vers elle la touchent au plus profond de son cœur. Elle envie leur bonheur. Une larme s'échappe que Roger efface d'un baiser en lui glissant à l'oreille.

— On est quittes.

Les joues enflammées par l'émotion, elle s'éloigne. Paul l'entraîne vers les quais pour fêter la victoire, mais la mine étrange de sa compagne l'inquiète.

— Pourquoi fais-tu cette tête ? Tu n'es pas satisfaite du verdict.

— Si, si…

Pendant que l'on trinque à la justice, les débats s'embrasent et l'on refait le monde en buvant du vin sous une pluie d'étoiles. Les mots de Roger tournent au rythme des flonflons dans la tête de Jeannette. Leur relation se borne-t-elle à une recherche d'équilibre, comme la balance de la Justice ?

Quand Paul la raccompagne, devant la porte cochère, elle saisit sa main et l'entraîne dans l'escalier. Ils s'arrêtent, les pupilles luisantes de désir. Il la serre contre lui.

— Mon vieux cheminot est prêt pour le départ du train !

Après avoir gravi les dernières marches, au lieu de se jeter sur le lit, ils prennent le temps. Paul embrasse son épaule, caresse son pansement, lui murmure qu'elle est la femme la plus courageuse qu'il ait connue. Qu'il est fier de la tenir dans ses bras. Qu'il n'a besoin de rien d'autre. Elle.

Jeannette se lève doucement sans réveiller Paul. Habillée à la hâte, elle court dans le petit matin vers le fort du Hâ.

Pascal Rigal avait décliné son identité pendant sa conversation avec Odette Dubreuil. Il ne portait ni casque ni lunettes comme lors de sa visite au berger. Jeannette l'a appris par le vieil avocat Boyer qui l'avait informée à regret qu'Odette serait contrainte de le reconnaître au procès.

L'affiche dans la chambre de Roger a alors donné une idée à Jeannette, mais leur relation tumultueuse l'empêchait d'intervenir. Après tout, il était le corbeau, il pouvait aussi être l'aviateur. Et quand elle a exposé son plan, Boyer a retrouvé en elle la fougue de ses vingt ans, cependant cette idée allait à l'encontre de son éthique. Il a d'abord refusé puis il s'est laissé convaincre peut-être à cause de son âge et de sa santé fragile. Odette se bornerait à répéter ce qu'elle avait dit à Jeannette et l'avocat attaquerait cette dernière sur ses déclarations. Rien ne garantissait que Roger accepte, il n'avait aucune raison de mentir.

Quand Castillo a pris le relais, elle a cru que tout était perdu. Jeannette sourit. Il n'était pas prévu que l'avocate l'accuse de protéger « son amant » Roger... Bonne stratégie. Mais comment a-t-elle su ?

Jeannette avait résolu le dilemme qui l'avait tant torturée, aller à l'encontre de ses convictions et en entraîner d'autres avec elle. Odette a bénéficié de circonstances atténuantes sans que Pascal ne soit accusé d'être l'instigateur de la mort de Davon. Roger a réparé le passé. Clotilde a disparu et Jeannette sera éternellement reconnaissante à Reine Torres pour son intervention au procès.

Joseph lui ouvre le parloir d'un air grognon. La fête en l'honneur du départ à la retraite du directeur de la prison a mal tourné. Il était si ivre qu'il a fait voler en éclat le cadre de bois précieux ornant sa photo – offert par ses employés – en vociférant qu'il n'en voulait pas.

Pascal Rigal apparaît comme au premier jour de son arrestation, l'œil arrogant.

— Je suis venue vous dire au revoir, Pascal.

Il lui sourit.

— Dès que je vous ai vue, j'ai compris que vous pourriez me rendre justice.

— Pourtant, vous retournerez en Guyane.

— C'est un fait.

— Clotilde a disparu.

— Ah… Vous savez, personne n'est tout blanc ou tout noir. Clotilde avait pris en grippe Émile parce que son père matait les filles quand elles se déshabillaient. Elle le traitait de planteur de carottes, alors Émile a volé le coffret en représailles.

Alors que Jeannette repart, Joseph l'intercepte. Confirme-t-elle qu'il y aura un rôle de gardien dans la pièce de théâtre de son ami ?

— L'avenir nous le dira…

Dans l'ouverture de la porte, elle découvre Paul, torse nu, les cheveux en bataille. Est-ce un aperçu de la vie de couple ? Devant un bol de café avec Léo, il lui adresse un sourire idiot d'amoureux. Sa méfiance envers le professeur semble avoir disparu.

— Mais où étais-tu ?

Léo affiche une lassitude qui trouble Jeannette. Elle le prend dans ses bras et lui murmure.

— Je suis sûre qu'elle reviendra…

Elle sent les larmes de Léo couler dans son cou.

— Pressons, dit Paul, Reine nous attend.

Sur le quai, Jeannette et Paul regardent partir le Bordeaux-Genève dans lequel Léo et Reine ont pris place. Dans le hall arrivent Roger et sa mère. Il pose les bagages à terre et s'avance vers Jeannette en ignorant son compagnon. Il la prend dans ses bras.

— Je vais à Saint-Malo, nous allons essayer de rattraper le temps perdu. Si tu n'avais pas provoqué la lettre ouverte d'Antonin dans la presse, je ne l'aurais jamais retrouvée. Un mal pour un bien.

Elle s'éloigne sans un mot. Elle croit comprendre maintenant ce que voulait dire Roger.

Le calme est revenu, les haineux ont quitté le navire. Bordeaux peut se rendormir.

Les exécutions de femmes reprendront en 1941, à Bordeaux.

Épilogue

Derrière la porte, une voix familière vrille les oreilles, une autre feutrée répond. Jeannette passe une main dans ses cheveux, cherche une contenance, redresse les épaules. Un bruit de sonnette retentit à l'intérieur. Silence. Des pas. Le loquet tourne. Il est là, amaigri. L'infinie tristesse de son visage s'évanouit dès qu'il la voit.

— Papa !

Pendant leur étreinte, Julia remarque avec satisfaction que le journaliste sans classe n'a pas fait le déplacement. Tandis qu'elle sert le thé, sa grosse mèche sur le front ponctue le récit de sa chère nièce. Alain Routier cache des yeux humides sous une barrière de cils. Tout à coup, il se lève.

— Suis-moi, je vais te montrer quelque chose.

Julia pose un regard déçu sur les tasses fumantes. Puis d'un air entendu, elle les pousse vers la porte.

Le lac scintille sous les derniers rayons de soleil de la journée. La fraîcheur du soir chasse les flâneurs. L'heure de tourner la page ? Non. La vie continue pour Jeannette.

Il s'empare de sa main. Ils synchronisent leurs pas au rythme du temps qui leur offre une pause.

— Que voulais-tu me montrer ?

— Regarde ce lac. Sous sa surface lisse se cachent de délicieux poissons, mais aussi des immondices que personne ne souhaite voir remonter. Je sais que tu es en colère contre moi parce que j'ai fui les autorités de notre pays…

— Je m'inquiète, car je te sens rongé par les remords. Même si ce choix me rend triste, je le respecte aujourd'hui. La justice de l'homme n'est pas la justice humaine. J'ai moi-même enfreint la loi et pourtant je suis en paix avec ma conscience.

Elle s'arrête et le fixe.

— J'ai compris la raison de mon obstination. Je voulais te faire payer la mort de maman.

La surprise de son père l'incite à poursuivre.

— Te souviens-tu que je lisais sous ton bureau ? Les personnages s'animaient, s'aimaient, se disputaient, voyageaient sous mes yeux. Là et nulle part ailleurs.

Alain acquiesce, l'air grave.

— Quand tu as reçu le docteur, j'ai entendu votre conversation. Tu as refusé l'hospitalisation de maman que le médecin préconisait. Il a insisté et tu t'es obstiné.

Jeannette essaie de contrôler les tremblements de sa voix. Alain hoche la tête, le regard vague.

— Sur le moment, je n'ai pas compris la portée de tes propos. Mais deux jours plus tard, maman mourait par ta faute. Tu l'avais tuée.

Alain pince les lèvres, emprisonne les mots. Ils marchent en silence. Puis il se laisse tomber sur un banc, se prend le visage dans les mains. Le corps recroquevillé, il pleure. Il pleure les larmes qu'il a retenues pendant tant d'années. Il pleure sa femme perdue, il pleure sa fille. Elle s'assied et lui caresse le dos. Le soleil a disparu à l'horizon lorsqu'ils se remettent en route, bras dessus bras dessous.

— Je l'ai fait pour elle, réussit-il à dire. Ta présence lui faisait tant de bien. Dès que tu étais à ses côtés, elle se ranimait. Je n'ai pas voulu la priver de ce bonheur. Je souhaitais qu'elle passe ses dernières heures à t'écouter lire la presse. Je lui ai épargné une séparation qu'elle n'aurait pas supportée. Elle a fini ses jours comme elle le désirait près de toi. Je l'ai fait par amour pour elle.

Le 28 octobre 1929. Jeannette remonte le plaid sur sa poitrine. Le vent s'est levé et les feuilles mortes tourbillonnent devant le balcon. Sur la desserte à côté de son fauteuil, une tasse à café vide, un carré de chocolat qu'elle ne mangera pas et deux lettres. Elles viennent de Paul, son écriture penchée est unique. Tous les jours, il lui raconte son quotidien. Peut-être pour lui donner envie de revenir à Bordeaux. Il a été promu chef de la rédaction de *La Belle Garonne*. Quant à Vergnes, il dirige un petit magazine au Pays basque. Chacun des courriers de Paul commence par la même phrase : « J'espère que ces mots te trouveront en bonne santé. »

Elle repousse son départ de Genève semaine après semaine. Son esprit flotte, libéré de ses pensées tortueuses. Elle n'est pas sûre de vouloir retourner à Bordeaux, de travailler avec Paul. Elle se demande ce qui l'a incité à faire deux envois. L'une des enveloppes est épaisse. En l'ouvrant, elle en découvre une autre adressée au journal et sur laquelle son nom s'étale en lettres rondes, une écriture presque féminine. L'oblitération ne lui offre pas d'indication sur l'expéditeur. L'encre a bavé et la date est à peine déchiffrable : 15 octobre 1929. Elle sort une cigarette d'un paquet d'Américaines caché sous le plaid et craque une allumette. Elle a toujours mieux réfléchi en fumant. Qui est-ce ?

Ma très chère Jeannette. Je me permets cette familiarité parce que la vie n'a pas fait que croiser nos chemins, elle vous a ouvert une place dans mon cœur. La personne qui tient la plume pour moi n'a pas eu la chance de vous rencontrer et finira malheureusement ses jours dans cette prison.
Par la présente, je vous renouvelle mon infinie reconnaissance. Sans votre aide, je n'aurais jamais su les vraies circonstances de la mort de mon petit Émile et à l'heure qu'il est je l'aurais rejoint de la plus tragique des façons ; bien que parfois j'aie hâte de le retrouver. C'est justement parce que la vie est trop courte que je me décide enfin à vous écrire.
Roger Davon est venu me voir à la prison, malgré le fait qu'il m'ait demandé de garder le secret, je romps ma promesse aujourd'hui pour votre bien à tous les deux. Il m'a confié…

Les feuillets échappent à Jeannette. Elle bondit pour les rattraper, mais ils sont déjà pris dans un ballet aérien. Elle suit leur course vers le lac. Trop tard. Sa blessure se manifeste. Elle pose une main au creux de son épaule.

— Jeannette, si tu ne te dépêches pas, tu vas rater ton train, s'écrie Julia.

À la gare l'attend Léo Obi qui essaie une dernière fois de la convaincre de partager son expérience avec ses étudiants. Jeannette représente la réussite de la femme combattante. Mais le passé ne l'intéresse plus et elle se dit que la lettre d'Odette a sûrement bien fait de s'envoler.

Reine Torres la serre dans ses bras. Elles ont de nombreux points communs et Jeannette s'est beaucoup rapprochée d'elle. Reine garde l'espoir de revoir sa fille bien que les chances de la retrouver s'amenuisent jour après jour.

Installée dans son fauteuil de première classe, absorbée par la lecture d'une pièce de théâtre écrite par Victor Hugo, Jeannette ne remarque pas celui qui s'assied face à elle et déploie un journal. Elle lève les yeux et découvre la une : « Wall Street a dû être dégagé par la police. Dix-neuf millions de titres ont changé de mains. »

— Hmmm, dit la personne en pliant les feuillets, je me demande si cette crise va traverser l'Atlantique…

Elle lui sourit. Papa…

La lettre d'Odette Dubreuil a échoué au pied d'un vieil homme qui médite face aux eaux troubles du lac. Elle commence ainsi : « Ma très chère Jeannette. Je me permets cette familiarité… » Il lève le regard sur le balcon d'un immeuble. Il devine une jeune femme de dos. Il reprend sa lecture : « Il m'a confié… » Il tourne la feuille.

Que grâce à vous, il a accepté ses responsabilités et a décidé de les assumer. Nous avons longuement parlé d'Émile, de l'adulte qu'il aurait pu devenir. Il a compris la portée de son rôle dans cette tragédie. Il aurait pu raisonner Clotilde. Il aurait pu intervenir, mais il a laissé faire pour lui plaire. Il a subi les événements au lieu d'en prendre le contrôle, malheureusement il continue dans cette voie. Pourtant il a accepté d'endosser une responsabilité qui n'était pas la sienne pour être digne de vous, pour mériter votre amour, mais il s'est arrêté en chemin persuadé que vous lui en voulez encore. Alors ce chemin je l'ouvre à nouveau. La décision vous appartient de l'emprunter ou pas. La vie est si courte...

Le vieil homme se demande s'il doit rapporter ce courrier à sa propriétaire. Il ignore qu'il tient l'avenir d'un couple entre ses mains.

Merci…

À mon mari qui m'a suggéré d'écrire une histoire sur l'aérium d'Arès fermé depuis longtemps. Les fresques que je décris sont celles du peintre Henri Marret.

Au groupe Facebook « Bordeaux, Je me souviens » qui m'a fourni un plan, et des photos d'époque de la prison du fort du Hâ.

Aux archives départementales de la Charente-Maritime où j'ai retrouvé le passé carcéral d'un bagnard évadé à plusieurs reprises et que la presse nommait « le gentleman cambrioleur », un voleur au narcotique et dont je me suis inspirée. Les archives du journal que je décris sont un peu celles-ci.

À Rétro News, une base d'archives de la presse d'autrefois. Les articles m'ont immergée dans cette époque où les exécutions étaient relatées en détail, une époque où l'exécution des femmes faisait débat. Pour des raisons romanesques j'ai changé la date de la double exécution qui a eu lieu à Bordeaux.

À Delphine Bernard, animatrice d'ateliers d'écriture et mon alpha-lectrice pour ses précieux conseils.

À Maryline Stan, Stéphanie Abadie, Melegim74, mes bêta-lectrices.

À Joannic Roller Bellais et Yannick Enet, mes bêta-lecteurs.

À Danielle Dongais, la dame en rouge qui m'accompagne, me soutient, m'encourage dans les moments de doute.

À City Éditions qui publie mon premier roman.

Réseaux

Merci de m'avoir lue jusqu'ici !
J'espère que vous avez passé un bon moment avec cette histoire, n'hésitez pas à me suivre et à me donner votre avis sur les réseaux sociaux :

Instagram : WWW.INSTAGRAM.COM/FLORETACH

Facebook : WWW.FACEBOOK.COM/FLORETACHOIRES

Achevé d'imprimer en novembre 2023
sur les presses de la Nouvelle Imprimerie Laballery
58500 Clamecy

Numéro d'impression : 310343

Imprimé en France

La Nouvelle Imprimerie Laballery est titulaire de la marque Imprim'Vert®